那些年，曾有場風暴來襲

王佷凱——著
劉彤渲——圖

名家推薦

王友輝（台東大學兒文所所長）：

相當細膩地描寫少女青春歲月中的心路歷程，讓讀者深刻體會少女所經歷的精神折磨，以及那種失去閨密好友、暗戀破滅的淡淡失落；成長過程中面對大人世界的疑惑，更暴露出人性醜惡與從眾的一面，對於學校、家長、學生等不同的角度，都有著相當持平的批判與同情，讓人信服也引人自惕。

儘管故事的議題相當沉重，令人折服的是作者溫婉地透露出面對性騷擾的可能作法，而少女小說類型中，身體意識的書寫也是相當成功的。

謝鴻文（林鍾隆兒童文學推廣工作室執行長）：

一如梵谷生前最後一幅畫作《麥田群鴉》的陰鬱黑暗籠罩，狂亂襲來的烏鴉，化成了這篇小說大膽袒露的校園霸凌、性騷擾、暴力與權力的壓迫，只不過傷害者不是常見的學生對學生，而是更駭人的老師對學生。還有教師代表的權威，變態而不當的管教模式，化為催眠式的迷惑外界，鞏固升學名師的威名，黯黑人性的演示，情節處處是驚心，卻也發人深省。

當女主角湘頤帶著身心創傷，艱難地挺過青春的那一場風暴，她心裡的糾葛起伏，悲楚地面對真相但不敢說的掙扎苦痛，引人同情悲憫。然而，為了終止夢魘，她必然要勇敢去揭開傷口，讓風暴真正在內心平息，再撥雲見日迎來陽光。這般的委婉曲折，也緩緩道出創作者幽幽的疼惜與祝福心意。

目錄

01

「妳也太會幻想了吧！在學校裡，怎麼可能發生那種誇張的事啊！」

「妳是不是奇幻小說看太多了，怎麼會有那種奇怪的想法呢？真是太離譜了，實在很難令人相信啦！」

「如果事情像妳說的那樣，妳當下就要有所行動，現在說這些有什麼用呢？」

當鄰座同學們對湘頤的說詞感到不可置信，而回應出這些話時，湘頤先是愣了一下，皺了皺眉頭，失望之餘決定不再多說些什麼。畢竟多說幾句、多替自己辯白，也不會有人認同、不會有人相信。不是她們沒有同理心，而是自己的遭遇對多數同學來講，是極為不可思議的，甚至是匪夷所思的怪現象。

再過幾天就是一年一度的教師節了，看著同學們興高采烈地討論著要回去母校敘舊，跟國中老師說說上了高中有多麼愉快、多麼奇妙。畢竟頂著第一志願女中光環回母校，是件榮耀無比的事啊！她們還要跟以前的導師聊聊，同學們的八卦；要跟以往的任課老師分享，班上同學曾經做了哪些丟臉的事，誰跟誰交往了，誰失戀了……這些計畫讓湘頤好生羨慕，她好希望自己跟其他人一樣，是用愉快的心情走過國中那三年，可以把老師當朋友、可以交到真心的好朋友，可以把國中的美好過往，擺在心裡，時時刻刻拿出來回憶；把過去三年的燦爛往事，掛在嘴邊，隨時隨地說出來炫耀。

可惜，直到今日，自己的頭頂上，總像是有一朵烏雲緊緊地壓迫著，怎麼跑、怎麼躲，也甩不開它的陰影。強烈的壓力壓在湘頤的心頭上，一直無法平靜，甚至看到男老師、數學科老師，就會有種莫名的厭惡感、排斥感。

湘頤知道這樣是不對的，但完全不知道該怎麼做，才能讓停駐在心頭上那片黑麻麻的烏雲散開，讓自己跟其他同學一樣，可以既陽光又開朗地笑著。她望著窗外高聳入雲的那一排黑板樹，就像致遠國中校門口那幾株高聳矗立的椰子樹，直挺挺又極為孤單地插入高不可測的天際。每棵樹都像是一旁有人陪伴，卻又彼此隔著一段距離，永遠觸及不到對方，永遠不知道對方在想些什麼。

對許多努力讀書的少女來說，能夠來到這所夢寐以求的頂尖女中，是件值得慶幸的事，更何況湘頤是背負了許多人的祝福和期待而來的。大家的希望都是將來可以考上好的大學，而她只是卑微地希望自己能夠變得快樂一些，不要再像國中時期那樣，總是自己一個人：一個人看書、一個人吃午餐、一個人去上廁所，一個人面對風風雨雨。國中時的湘頤，就是那些多嘴同學口中「耍自閉、高傲」的學生，是個性古怪、自以為是的同學。

湘頤在這兒認識了許多新的同學，雖然還不是很交心，稱不上是「好朋友、好姊妹」，至少已經沒有國中時，那種與旁人疏離的孤獨感了。只是，偶爾跟周遭的同學提及國中時的故事，得到的回答幾乎都一樣，都認為湘頤是在幻想，是無病呻吟的胡言亂語。次數多了，連她自己都開始懷疑自己，懷疑自己是個壞女孩，怎麼老愛說國中導師的壞話？老是憎恨自己國中時的導師！國文課本裡曾讀過韓愈的〈師說〉：「古之學者必有師。師者，所以傳道、受業、解惑也。」許多師長也都說「尊師重道」是一個學生必須要有的基本態度，自己卻質疑這千古不變的「師道」，這種離經叛道、罪大惡極的行為，不正是一個壞學生才會有的邪惡思想嗎？

致遠國中畢業後的第一個教師節，要回去看看李建仁老師嗎？湘頤確信佳妤不太可能回去探望李老師，但筱芸一定會回去的，若是遇到了她，該怎麼辦呢？要跟她打招呼嗎？要跟她說些什麼呢？這些看似無聊、毫無意義的問題，這幾天總困擾著湘頤。回去母校，意味著什麼？是盡一個好學生的本分，讓導師覺得榮耀，曾經教出這麼一個第一志願的高材生？還是回去看看，這樣的老師，是否已經得到了應有的報應？

沉重、複雜的情緒充斥著湘頤。過去三年，特別是最後一年的煎熬，總在夜幕降臨後，像濃霧般包圍著她的腦子，無助害怕的恐懼感，想忘卻都忘不了。像是場強烈的暴風雨，狠狠地將自己淋得溼透、吹得東倒西歪。

02

湘頤、筱芸和佳妤三位少女，從小學三年級就是十分要好的朋友。雖然湘頤功課好、筱芸功課差；縱使佳妤漂亮、湘頤外貌平庸；就算筱芸外向大剌剌、佳妤多愁善感，三人間的差異很大，卻不影響彼此的情誼。義結金蘭的三人就像親姊妹般嘻嘻哈哈，分享的不只是帶到學校，準備在課堂上偷吃的零食，還有連自己爸媽都不知道的心事、祕密。這份濃濃的交情沒有被中斷，如願地延續到了國中。因為，她們很幸運地又被編排在同一個班級。

為此，她們還到村子裡唯一兼賣漢堡的早餐店，點了美式漢堡套餐，大肆慶祝一番。三個小女孩學大人那樣，舉起裝滿柳橙汁的玻璃杯，相約不只是在小學、國中階段，將來畢業、甚至結婚了，三人還要當一輩子的好朋友

呢！

湘頤她們三人的家，全都在牛仔埔這不在海邊、也不靠山的偏遠地區。地理上雖然列在直轄市範圍內，但它可是一處典型的鄉下地方。小學裡的同學家長們，多數是務農的，種稻、種番茄，旱季時就種花生，環境極為純樸。湘頤當年就讀的「牛埔國小」，每個年級都只有一個班級，每個班級裡的學生人數最多也只有十位左右。大家全是親戚或鄰居，哪個孩子尿了床、被爸爸拿藤條打了，甚至生病發燒到幾度，隔天全校師生都知道了，消息傳得飛快。

同學們朝夕相處，幾乎融為一體的生活，將在國小六年級後戛然而止。因為不見得每個小學畢業生都會去直屬學區「致遠國中」就讀。幾年前，像湘頤的哥哥就被阿嬤送到市區念私立國中，老人家怕鄉下國中的低升學率，會害寶貝金孫考不上第一志願。雖然事後證實阿嬤的選擇是對的。但哥哥在上了私立中學以後，每天早上天色未亮就得去省道上的郵局那兒等校車來載，而放學回到家時早已天黑，還得熬夜讀書、寫作業到凌晨。過去總愛作弄自己的大哥，念了私中後變得沉默許多，那副疲累、老是睡眠不足的模樣，看在湘頤眼裡，除了不捨外，更多的是懼怕，就怕自己將來也會步上大哥的後塵，過著起早貪黑的日子。

還好，阿嬤只要湘頤去村子裡的致遠國中就讀。理由很簡單：女孩子不必讀太多書，去市區念私立學校，可是要花很多錢的。這當然是她老人家單純的想法，卻也成就了湘頤的願望。她可以留在家鄉讀國中，至少不用跟好朋友們分開、不需早出晚歸、舟車勞頓。

至於高中要念哪個學校？對國小剛畢業的湘頤來說，是相當遙遠的事，而且爸媽和阿嬤，也不會給她任何壓力。雖然她功課不差，在小學可是第一名畢業的。但小學的學生人數太少了，功課是否真的很好？是不是像大哥一樣優秀？能不能跟市區小孩比拚？還看不出來。

況且，念第一志願高中和念職業學校的美容科，對湘頤而言，不是當下要煩惱、要立即做決定的。少女要煩心的事，其實還不少，連跟筱芸和佳好她們一塊兒搭半小時公車到市區逛街、看電影時，要穿什麼衣服、搭怎樣的裙子、配哪個髮夾，都會讓她思索許久。儘管衣櫃裡就那幾套洋裝，卻也能讓湘頤在房間裡的鏡子前，穿穿脫脫，試了快半小時。

她當然沒想到，才剛適應了女孩子在青春期身體變化的歷程，又要經歷國中生活的劇變。是自己適應能力的不足？還是成人世界太複雜？新環境的氛圍，完全改變了湘頤多年來對學校、對老師、對同學的認知。最後的結果，她選擇放棄可能萌芽的初戀、選擇遠離友情、選擇沉默、選擇不站在任何一邊，只換來一張第一志願女中的入學通知單。

其實致遠國中的升學率，也沒有想像中差勁，阿嬤是多慮了。在校門口巨大的看板上，就明顯列出考上第一志願的學生有三人、第二志願的學生有七人……。這終究是張亮眼的成績單，對家長來說，就是安心、放心的保證。但對湘頤來說，她在乎的卻是那一串名單下的一行字：「感謝李建仁老師的指導！」

03

校門口廣告招牌上寫的李建仁老師，正是湘頤進入致遠國中後的班級導師，聽說是學校最著名的王牌名師。他帶領的班級，升學率屢屢打破學校紀錄，是家長有口皆碑的好老師。據說有許多家長，極度渴望能讓自己的子女，編到他的班上就讀。過去是要拜託有力人士關說、送禮、包紅包才能安排到他的班上。現在分班靠抽籤、憑運氣和機率，所有旁門左道的方法都沒有用，不然，所有家長都會想盡辦法，擠破頭也要讓孩子擠進李老師的班級呢！

湘頤、筱芸和佳妤算是運氣好，還是手氣差？三人正好一起被編排在這個班級裡，連小學同學葉宇倫、黃昱叡這兩個男生，也全成了同班同學。

「真倒楣，怎麼又跟你們這些臭男生在同一個班級啊！」佳妤酸不溜丟地對著黃昱叡說。

「跟妳們幾個臭三八同班，是我們比較衰吧！」黃昱叡不甘示弱地回嗆。

三個小女生笑得十分燦爛，準備好快樂地迎向她們人生另一階段：嶄新的國中生涯。

其實當佳妤和黃昱叡在鬥嘴的時候，一旁的湘頤雖然什麼話也沒說，但她已偷偷發現，黃昱叡同學在小學六年級畢業到國一入學這段期間，外表上有了極大不同。不但身高拉長了許多，聲音變得低沉有磁性，連嘴邊、鬢角、小腿也都冒出了細微的毛髮，整個人比起小學時那個調皮男孩的模樣，真的起了很大變化，像是換了一個人似的。這些差異讓湘頤有些不習慣，有種說不出的微妙感覺。

但，讓湘頤不習慣的可不只有黃昱叡這個人，還有這個班、這個導師。生物老師在第一堂課就跟班上同學挑明了講，你們的導師可是出了名的嚴格。所謂「教不嚴，師之惰」，李老師絕對是致遠國中最勤勞的老師，你們最好皮要繃緊一點喔！特別是男孩子，要早點覺悟，不要整天只想著玩耍，傻呼呼地當個天兵！

她把這些「警語」說完後，附帶的那一抹微笑，讓才剛升上國中的湘頤，感到一股莫名的壓力。

放學回家的路上，三個女孩照例一起走路回家，免不了邊走邊聊。

「看來，李老師真的是個相當嚴格的老師，我們以後的日子會不會很難過啊？」

湘頤說這話時，回想起開學典禮那天，導師李建仁一臉嚴肅、不苟言笑的模樣，真叫人不寒而慄，打從心底害怕起來。他與小學六年級時的張老師完全不同，看起來就是個相當嚴厲的人。

「唉呀！妳功課那麼好，怕什麼！我功課那麼差都不怕了，妳擔心什麼啊！」筱芸還笑著說：「我倒是覺得李老師他長得蠻帥的喔！哈、哈！」

「是啊！我看啊，應該是黃昱叡那些調皮的男生才應該擔心吧！他們整天嘻皮笑臉、心不在焉的傻樣子，遲早會被老師盯得很慘，我們就等著看好戲吧！」佳妤也附和著說。

「可是、可是……！」湘頤不知道該說些什麼，畢竟不管說什麼，都改變不了李建仁是自己班導師的事實。

「不管發生什麼事，我們都會是好朋友、好姊妹啊！」佳妤安慰著說。

「對啊！有什麼事我們都可以一起討論、互相支持啊！」筱芸也說。

雖然佳妤和筱芸都這麼說，多愁善感的湘頤並沒有因此而寬心，她對未來的國中生活還是充滿了恐懼。畢竟，除了生物老師，連國文、美術老師都刻意提到班導師。他們跟生物老師講的內容幾乎一樣，不外乎李老師十分嚴格，同學們要乖乖地聽話，千萬不要惹他生氣。段考時的班級成績排名一定要全學年第一，不然日子就難過了。

湘頤心想：小學時的老師，雖然也會要求同學們讀書、寫作業，但比較像媽媽那般溫柔，上課時說話的語調也是很客氣的。重點是，他們從不比較分數，不會因為考差了，就給同學們壓力；不會因為某個人的分數低，就討厭那個同學。

「可能將來升高中有升學考試，李老師希望我們都有好學校可以念，所以才會有較高的要求吧！」湘頤心裡這麼告訴自己。

04

湘頤擔憂的事，果然發生了！

開學一周後的禮拜一，湘頤一如過去在小學時那般，很遵守時間，在早自修前，便拿著掃地用的竹掃把，快速抵達班級掃地區域，認真地掃地起來。

不過，說「認真」倒也還不至於，畢竟，打掃工作不就是把地上的髒東西掃掉，看起來乾乾淨淨就可以了嗎？而她所負責的區塊，是榕樹下的乘涼區，有兩張石椅子。湘頤發現，從這兒可以看到整片的操場，遠處的司令台看來就像是個小小的積木盒，擺在綠草如茵的操場草皮另一邊，配上湛藍的天空、朵朵白雲，在大清早的晨光下，色彩真的是美極了。

掃完後，湘頤便悠哉地坐在石椅上，欣賞著眼前這片美麗的景色。

致遠國中不像牛埔國小那樣狹小，這兒的環境大多了，操場四周除了教室外，還有工藝館、美術館、體育館……各種場館各司其職，更像是一所學校該有的模樣。以前在牛埔國小時，班級教室還兼音樂教室、美術教室甚至也能當室內運動場使用呢！

來到這所國中，讓湘頤有種新奇的感覺，什麼都是新的，書包、制服以及書本都散發著一股「新」的味道。雖然不知道接下來的國中生活會是怎樣，但湘頤心中默默期許自己，一定要活得很精彩、一定要過得很快樂。不一定要有很好的成績，但絕對不要像哥哥那樣，整天愁容滿面，過得太不快樂了！那不是自己想要的日子。

「那邊那個同學，不要坐在那兒發呆！」

還坐在石椅上的湘頤，背後突然傳來一陣暴躁的怒罵聲，一開始她並沒有理會，也沒有轉頭。因為她認為，那應該不是在講自己，所以繼續想像著自己的未來，擘畫將來的藍圖。

「妳耳朵是聾了嗎？沒聽到我在叫妳嗎？」

怒罵聲越來越近，幾乎就在自己身後時，湘頤才回過神來轉頭一看，那不正是自己的班導李老師嗎？她覺得丟臉死了，整個學校那麼大，一大早自己就被罵，而且聲音響遍整個操場，所有在操場四周的同學，應該都看到自己被罵得狗血淋頭的窘態了吧！

湘頤嚇了一大跳，趕忙跳下石椅，唯唯諾諾又很小聲地說：「我、我……我掃完了，在石椅子上坐一下，馬上要回去教室了！」

「掃完了？妳掃完了？」李老師怒氣未消，繼續嘶吼著：「我看妳不只是耳朵聾了，連眼睛也瞎了吧，這裡、那裡，還有這些、那些，都掃過了嗎？蛤？蛤？」

湘頤順著李老師手指所指的方向看過去，他說沒有打掃乾淨的地方，竟然是地磚縫隙間的枯枝和鳳凰樹落下的小葉子，若不仔細去看，還真不容易察覺呢！

湘頤不敢再多說些什麼，心中滿是委屈，也充滿無比震撼與恐懼。李老師罵人的聲音極為響亮，從小學到現在，所有師長都沒有用這麼嚴厲的口氣罵過自己，她當然害怕極了。另一方面，湘頤也擔心，才剛剛開學，班導師就這樣說自己，會不會給他留下了不好的印象，從此把自己貼上

「偷懶不認真的壞孩子」標籤呢？

湘頤的眼淚在眼眶裡打

轉，卻又不敢流下來。默默地彎下腰，用手指仔細地摳，把藏在地磚縫隙裡的枯枝、落葉一一挖出來。她的頭完全不敢抬起來，害怕看到李老師那張盛怒的臉，更害怕看到同學們嘲笑自己的眼神。

這短短的幾分鐘，李老師一直站在旁邊監督，讓湘頤備感壓力、如坐針氈。好不容易上課鐘聲響起，打掃時間結束，她才收拾好掃地工具，準備回教室參加早自修。這時，湘頤無意間發現李老師跟一個女同學走在自己前面，有說有笑，老師還把手搭在那個人的肩膀上，說話的口氣是溫和的，完全不像剛剛對自己怒罵時那麼凶。

「難道……老師只針對我一個人嗎？他對別的同學並沒有那麼兇啊！」湘頤難過極了，但她不打算把這件事告訴好朋友佳好和筱芸她們，畢竟這是件丟臉、不光彩的事，實在難以說出口。

05

李老師在致遠國中之所以被稱為名師，勢必有他過人之處，湘頤除了因打掃工作被罵、被震撼到外，隔幾天又再一次感受到這股強大的威力。

那是開學第二周，湘頤一大早從教室內往外看，親眼見到班導師與衛生組長大聲對罵的畫面，兩個大男人相互指責，響徹雲霄的對話劃破了寧靜的校園。詳細內容她並不清楚，但之後班上外掃區域範圍縮小許多，也不用再掃廁所了，同學們的晨讀時間也更充裕了。

據好事、多嘴的同學說，這全是因為班導師替同學們著想，謀取的福利。全校大概只有李老師敢跟行政單位對嗆、大聲爭取班上的利益。這一點，令班上許多同學相當折服，感激李老師對班上所做的努力。雖然有些同學跟湘頤一樣，曾經因某些事而被班導師責罵過，但還是無法討厭李老師，因為：為了打掃區域大小和衛生組長吵架，見微知著，可見李老師真的對班上的一切都很關心、用心。

第一次段考後，班級差異便逐漸浮現：在李老師嚴厲的規定與要求之下，班上的整潔與秩序競賽，一直獲得全學年冠軍。而運動類的班際比賽不論是球類還是大隊接力，甚至學業成績也全是第一，在一年級的七個班級裡，從來沒有輸過。跟隔壁二班的陸老師、四班張老師的班比起來，不一樣就是不一樣。一年三班就像鶴立雞群般，在致遠國中成了最醒目、最耀眼的一個班級。在這班級裡的每個學生都與有榮焉，跟別人說自己是一年三班的，就像貼了「讚」的標籤，這是個很值得驕傲的優等班。

「我們班導真是厲害啊！」筱芸提到李老師，說盡好話，就像面對偶像般崇拜地說：「他不但很用心、很會教書、很會帶班，長得也很帥呢！」

「他很會教書？」佳妤揶揄地說：「那妳數學怎麼老是考不及格呢？還不斷地被罰寫，天天被罰，寫、寫、寫，永遠都寫不完！妳不累嗎？再說了，他哪裡會教？內容講解不清不楚，一節課裡有半堂課時間是在罵人。還不是靠罰寫、罰站，用很多很多的處罰：不准下課、太陽底下罰站，這些酷刑讓同學心生恐懼，藉此來逼同學念書，這樣算厲害嗎？」

「妳還不是一樣，比我還常被老師叫去辦公室罰站呢！」筱芸不甘示弱地說。

「他是個變態！」佳妤氣憤地說。

「我不准妳這樣說他！」筱芸抗議地說。

看著她們兩人爭執，湘頤並沒有出面制止。其實她心裡也很困惑，總覺得：李老師的厲害，不就建立在尖酸刻薄的言詞、極盡羞辱的責罵、不停地懲罰，這樣對同學的學習是好的？是正面的嗎？

雖然湘頤這陣子因為成績表現良好，而受到李老師關心，但她也擔心，哪天成績退步了，李老師還會關心自己嗎？湘頤認為：班導師從不把學生當朋友，不曾聆聽同學真正的心聲，在乎的只是「成績」，整潔與秩序的競賽成績、學業成績，所有的成績！在他眼中就只有分數，多一分就是強、就是好；少一分就是輸、就是差勁。

「這樣缺乏溫暖的地方，還算是間教室嗎？」湘頤不願意把自己心裡的話說出口，不只是怕得罪筱芸，傷了友誼。更害怕班上已凝聚起來，把班導師當成神、當成「共主」的氛圍之下，沒有人能認同與接受自己的想法和言論。

然而，心思細密的湘頤也發現了，短短幾個月的時間內，自己和筱芸、佳妤三人的好情誼，似乎已經不像過去那麼好、那麼和諧了，而這一切全都是因為李老師的關係。

06

筱芸和佳妤兩人老是為了班導師的事而鬥嘴，不管是李老師的帶班風格、處罰學生的方式、過於重視成績，甚至連長相、說話的聲音……任何議題她們都可以吵翻天。一個全力支持，一個全然反對。日子久了，湘頤早已懶得參與她們的話題，一點也不想加入那無意義的討論。她覺得李老師雖不算醜，但也稱不上帥哥啊！況且，一個老師重要的是他會不會教書、與同學的互動如何，跟長相好不好看，一點關係也沒有。湘頤真的不懂，身邊兩位從小玩在一塊的好朋友，怎麼盡聊這些無聊的話題，不只想法南轅北轍，話語間更是爭鋒相對。要說帥，難道她們都沒有注意到黃昱叡同學嗎？小學時瘦瘦黑黑的他，怎麼蛻變了，下巴冒出了黑黑、短短的鬍鬚，臉型也立體了，特別是他的眼睛，堅毅有神，連女同學們喜歡的偶像明星也比不上他。黃昱叡與班上其他男同學完全不一樣，就是有一股特別的吸引力吸引著湘頤。每回上完體育課或打完籃球，額頭冒出的汗珠掛在他眉梢、大口喘氣時帥氣的模樣，總讓湘頤忍不住想靠近他。

然而，愛慕黃昱叡同學是湘頤心中深藏的祕密，連筱芸和佳妤兩個好友都不能分享。湘頤覺得自己與她們兩人有了相當大的隔閡，有一段無法跨越的距離，這應該是「成績」造成的結果吧！湘頤總是班上第一名，大大贏過筱芸和佳妤兩人，而這差距多多少少影響到她們談話的契合度。湘頤希望成績不會造成與班上同學間的鴻溝，不只是為了姊妹情誼，而是為了心中默默萌發的愛情。而黃昱叡總是不爭氣地考班上最後三名，湘頤不樂見功課排名拉開自己與他的距離，甚至願意無條件幫昱叡輔導功課，但，這只是她一廂情願的想法，因為怕被同學說閒話，而從來沒有實現過。

班導師依成績來排座位、依成績來分配幹部職務、掃地工作……一切班務全依成績排名來決定。一個學生的好壞，在李老師的眼中，全以學業成績來定奪：成績好，就是個好孩子；成績差，就成了個十惡不赦的壞學生。

總是考第一名的湘頤當班長，負責登記沒有認真打掃或上課不專心同學的名字。她坐在全班第二名，那個矮個子、戴厚重眼鏡、說話有點結巴的男生旁邊。然而「登記名字」這職務不是湘頤能勝任的，座位更不是她想要的。因為這位置離黃昱叡相當遙遠，若不轉過頭去，是無法清楚看到黃昱叡的臉，但一轉頭，別的同學一定會起疑，這令湘頤感到為難。

同學間彼此互動、溝通講話，原本應該是再自然不過的事了。小學時不覺得有什麼，現在卻覺得很尷尬、不自在。湘頤小學畢業後至今，幾乎沒有跟黃昱叡講過一句話。他像遠處的一顆星，遙不可及。湘頤好想賴在黃昱叡身邊，跟他說話、談心事，不用管成績考得如何，不在乎班上發生了什麼事，只要有他陪伴，那就是件幸福美好的事。

但，湘頤與黃昱叡兩人就像是兩條平行線，自己在一年三班的生活就是「讀書、讀書和讀書」，而黃昱叡卻是「被罵、罰站和罰寫」，兩人永遠不會有交集，不會有湊在一塊的時間。兩人的座位相距那麼遠，要「不期而遇」都很難。下課、放學時間一到，黃昱叡總是連書包都沒背，就換上打球專用的球鞋，立即衝往籃球場打球，湘頤想對他說聲「再見」的機會都沒有呢！只能默默看著他的背影離去，消失在球場上的人群裡。

07

在致遠國中好一陣子了，若要問湘頤是否適應、習慣了這所學校？她答不出來，只知道壓力越來越大了，除了課業，還有如何面對同學和老師的態度。

湘頤擔任一年三班班長一個學期了，也漸漸認識班上其他同學。她班長這頭銜可不是她自願，更不是由同學們選出來的，而是李老師親自指派。可能是「班長」這個職務的關係，每天都需要幫導師做一些事情，所以比較有機會跟所有同學接觸，湘頤也因此了解，這些來自不同國小的同學們，原來他們的差異竟然這麼大。

除了小學就認識的黃昱叡、葉宇倫、筱芸和佳妤外，有些同學是「新住民」，他們的媽媽不是台灣本地人，而是從東南亞遠嫁過來的外籍新娘。以前在牛埔國小時，學校裡也有兩個新住民，但他們念五年級，沒有跟湘頤同屆，所以沒有接觸過這樣的人。其實，他們的外表跟台灣小孩一樣，連講話也沒有口音上的差別，如果不特別說出來，應該沒有人會知道他們的身分。

像潘麗雯同學就是一位新住民，媽媽是越南來的，雖是混血兒但外表與純台灣血統的小孩並沒有多大差別。然而，她似乎比其他女生還要美麗，班上的女生跟她比起來，就是少了那份韻味。只是她相當安靜，不常說話，是湘頤感到最特別的了。

「是她不太會講國語，才很少講話的嗎？還是有什麼心事啊？」湘頤心裡很想知道是什麼原因讓她如此沉默。

每次跟潘麗雯拿聯絡簿時，看著她長長的眼睫毛、白皙的皮膚，湘頤總是好奇，她的母親是不是也一樣漂亮，來到台灣會不會很想念家鄉呢？而潘麗雯會說越南話嗎？

依照班上男生的說法，潘麗雯是個「很正」的女生。上課時常常照鏡子，撥弄自己的頭髮，完全沒有心思學習。她的功課不怎麼好，也可以說是「極差」，跟黃昱叡不相上下，但李老師卻似乎不那麼討厭她，也幾乎從沒聽過班導師罵她，連掃地工作都只被分配到「打板擦、擦黑板」這些簡單輕鬆的項目。是不是真如同學所謠傳的，李老師很喜歡她，所以對她特別地偏心。

湘頤不知道真正的原因是什麼，也不會輕易去相信那些在班上流傳的流言蜚語。

潘麗雯跟其他同學最不一樣的地方，應該是她成熟的模樣吧！明明才國一的年紀，卻已長得亭亭玉立，明明沒有化妝、打扮，卻十足像個小女人似的。湘頤認為自己沒有身材，不到一百五十公分的高度，若是站在她身邊，絕對會被誤認為是姊妹，而且是相差許多歲的姊妹。不知道是潘麗雯的腿太長了，還是她裙子太短，遠遠看到她，就像是穿了迷你裙的漂亮姊姊，完全不像國中生。若換上了便服、把馬尾放下來，說她是個大學生，也不會有人懷疑吧！

而班導師都是幾歲的大人了？當潘麗雯的爸爸都可以了，怎麼可能會去喜歡她呢？湘頤回想起，剛開學時自己曾因掃地的事，被李老師臭罵了一頓，而後看到李老師跟一個女同學走在自己前面，有說有笑，還把手搭在那個人的肩膀上，那個女學生確實就是潘麗雯啊！湘頤心想：剛開學，班導師就跟她那麼熟，熟到可以勾肩搭背，或許他們過去就認識了吧！還是有什麼親戚關係，但應該不是班上同學亂說的那種不堪、下流的關係。

儘管潘同學相當低調、內向，如此安靜沉默的她，難免還是會受到其他同學，特別是女同學的非議，甚至攻擊。每回在整理「榮譽單」時，常常可以發現潘麗雯三個字。

08

「23號：上課遲到」、「23號：上課喝水」、「23號：上課睡覺」、「23號：上課說話」、「23號：上課左顧右盼」、「23號：上課不專心」、「23號：上課轉筆」、「23號：美術作業遲到」……

「23號、23號，都是23號黃昱叡！」

湘頤整理手邊厚厚的一疊紙，那全都是同學繳來的「榮譽單」，張張都有黃昱叡的名字，每一張都詳列了他的惡行。

湘頤看了看紙張上的紀錄，質疑了一下，昱叡真有這麼糟糕嗎？像

「美術作業遲交」有這麼可惡嗎？他不過是晚一點交，美術老師都沒有意見了，登記的同學也管太多了吧！

所謂的「榮譽單」，是李老師的班級經營策略之一。他在學期初就曾經義正詞嚴地對全班說了一番大道理，希望全班同學都要有「榮譽心」，要有為這個班級好的決心。最具體的表現就是「全班皆間諜、全班皆是監視器」，每個人都有責任和義務糾舉規矩不好的害群之馬，絕對不要因為一粒老鼠屎而弄壞了一鍋粥，打壞班上的名譽。一個班級裡最怕有壞學生，他們會像毒瘤一樣，慢慢蔓延開來，影響其他人，最終還會把全班同學都給帶壞了。其中，最好的方法就是「把壞學生揪出來」、「把破壞班級榮譽的同學名字登記起來」交給班長，導師會讓他們得到應有的懲罰。

這項「榮譽單」政策激起了同學們的認同與熱情，也確實得到相當的成效：早自修時間就算班導沒有進教室，全班還是鴉雀無聲，因為每個人都擔心被別人登記在榮譽單上；一些上課較「弱」的科任老師的課堂上，依舊能安安靜靜，沒人敢作怪，同樣是因為大家都怕在榮譽單上，出現了自己的名字。

「如果同時被好多人登記，那被記的人一定有問題！」李老師慷慨激昂地說：「我相信大家都是成熟的孩子，不會徇私枉法，一定會公正客觀的，你們說，對不對！」

但，事實上完全不是這麼一回事。要這些十二、三歲，才國中一年級的同學，不受自己私心影響去登記規矩不好的人，是很難做到的。要每個人都公正客觀，根本是緣木求魚。那些名單上的紀錄，多多少少都會有個人好惡的成分。因此，成績不佳、個性孤傲、好與人鬥、人緣欠佳的同學，絕對會成為大家的眼中釘與箭靶，絕對是名單上的常客，就算沒做什麼、沒犯什麼錯，也逃不過被登記的下場。

可憐的黃昱叡就是這樣一個典型的倒楣鬼，幾乎每週都會因「榮譽單」而被記警告。「榮譽單」不像為了榮譽而設，反而像是一張張可怕的催命單，被同學拿來當「報復」的工具。畢竟「不認真學習」、「規矩不佳」都是很難界定的。這讓湘頤聯想到歷史老師曾在課堂上提及武則天那個殘忍的女皇帝，就是利用「銅匭」來鼓勵告密。湘頤相信那些告密單裡，有許多檢舉是出於報復性的心態。她更深信黃昱叡沒那麼壞，只不過是愛打球、不愛念書罷了。

然而，「不愛念書」、「段考分數太低」這些在一年三班可是件罪大惡極、不可饒恕的事情！因為只要有個同學不念書，考試考壞了，將會拉低班級平均分數，甚至極可能讓班上校排第一名的桂冠拱手讓人。所以，考不好的人要罰寫，罰寫沒有寫完的人被李老師修理，大家都視為理所當然。他們這些「老鼠屎」就應該如李老師常說的：「該轉學、轉班的壞份子。」留在一年三班，只是班上的包袱，拖油瓶。

09

李老師修理同學的方式，除了毫不留情地責罵、罰寫和罰站外，還有更厲害的「絕招」。據說是先拍拍同學的肩，然後冷不防從「腰內肉」處狠狠地捏下去，那種腰部被撕裂的劇痛感難以形容，不瘀青也難。不過，由於實施這酷刑都是在辦公室裡進行，加上部位私密，有衣服蓋著，極不容易被家人或其他人發現。當然，這種懲罰方式只是在班上流傳，湘頤並不清楚，像她這種總是班上第一名的資優生，還沒有機會受到「捏腰酷刑」。

那天，要不是好友佳妤被修理後回教室趴著哭，湘頤還不清楚這回事呢！

「那一定很疼吧！」湘頤試著安撫佳妤，想動手幫她揉揉腰部，減輕她的疼痛感，卻瞬間被推了開來。

「不要碰我！」佳妤突然歇斯底里地大吼。

這強烈的舉動，嚇得湘頤愣在一旁，不知所措。

「沒有那麼誇張吧！少在那邊裝大小姐了！妳是金枝玉葉嗎？碰都碰不得啊！」筱芸在旁叫陣、奚落佳妤，認為她是在裝可憐，博取同情。

「我自己不知被揑了多少次，疼痛感一下子就消失了，沒什麼大不了的。」筱芸說這話時，並沒有感到羞恥，反而有些驕傲似的。

湘頤看著身體顫抖不停的佳妤，惻隱之心油然而生。她很想知道佳妤受到了什麼委屈，也想好好安慰一下好朋友。但什麼都還沒做，上課鐘聲就已經響起，她不得不趕緊回到自己的座位坐好。

下一堂課就是班導李老師的數學課了，全班同學早已在鐘聲響起前，在自己的座位上坐好。書本文具全擺好，安安靜靜、畢恭畢敬地恭迎老師進教室。湘頤在回座後，忍不住再一次回頭看著佳好。她從來沒有見過佳好如此沮喪，到底是什麼事情讓佳好哭得如此傷心呢？那種皮肉痛會讓她如此悲痛嗎？

湘頤對好友的苦楚愛莫能助而感到遺憾，只希望這一切能趕緊恢復平靜，不要影響到彼此的友誼。

雖然湘頤心繫好友，但眼睛卻是誠實的，在鐘聲響起之際，她又不由自主地把目光投射到座位在垃圾桶前方的黃昱叡。這是她對心儀男生唯一能做的事，單純地欣賞，把昱叡最帥的一面存留在心裡。

坐在教室最角落的黃昱叡還是一如往常，望著窗外發呆，偶爾緊皺眉頭，像是遇到了難題。他深邃的眼眸老是看著籃球場那邊，不知道在想些什麼。他似乎很不討李老師的歡心，除了座位一直被安排在教室最偏遠的角落——垃圾桶前方外，每天總會被罵幾句，像功課太差、作業沒有按時繳，連「坐不端正、站三七步」這些缺失都會被班導罵得狗血淋頭。有時，捺不住性子的黃昱叡還會回嘴，犯了李老師最介意的「學生頂嘴」大忌，這種狀況最終總是「記過」收場。

班上多數同學可能是受了李老師的影響，有的不願意跟黃昱叡講話、有的「害怕」跟他說話，怕被導師誤認為自己跟他是同一類型的人。李老師確實曾在課堂上說過：「近朱者赤，近墨者黑，你若跟壞學生在一起久

了，一定會被帶壞的！」同學

當然謹記在心，能離黃昱叡多遠，就離他多遠。

湘頤在班上也甚少跟昱叡說話，不跟他說話的原因，有一部分是出於少女的矜持；另一部分則是聰明的湘頤，也已學會「自保」。她深知如果跟自己毫無交集的昱叡多說兩句話，勢必會被這個班級裡的同學們唾棄。

「昱叡有心事嗎？」湘頤看到了滿臉焦慮、坐立不安的他，不免跟著擔憂了起來。

湘頤在班上最在乎的三個人：昱叡、佳妤和筱芸，其中有兩位像是遇到了困難，而自己卻一無所知，完全使不上力可以幫忙，這讓她感到心慌。紊亂的心情，讓湘頤完全無法靜下心來上課，甚至連李老師進教室時，身為班長的她，還要一旁同學提醒，自己才想起要喊「起立、敬禮、老師好！」這些口號。

10

因為忘記喊口號，班導師在講台前多看了湘頤兩眼，這個恐怖的眼神，讓向來循規蹈矩、很少出錯的她，有些緊張，加上昱叡與佳妤的事，讓湘頤方寸大亂，完全無法集中精神上課。課堂中，李老師似乎看到了她恍神、心思不集中的狀態，刻意叫湘頤起來回答問題。心不在焉的她，當然答非所問，最後只能結結巴巴地回答說：「我不會」，這樣的表現澈底惹惱了班導師。

「什麼叫『我不會』？妳是班上第一名，連妳都不會，那我還教什麼書啊！連妳都不會，那其他同學還要學什麼……」李老師破口大罵，一長串的謾罵、不停地碎念著，口氣中充滿怒火，嚇得班上一點聲響也沒有。特別是湘頤，不停地發抖。這是她上國中以來，不，應該說是她從小到大，第二次被人罵得如此不堪，而第一次也是來自李老師的責罵，罵她打掃時偷懶。

這時湘頤既害怕又羞愧，恨不得立刻從這世上消失。想著想著，眼淚竟流了下來，滴下的淚水，把桌上筆記本的字跡給浸濕了，散成藍藍的一大片水漬。

「哭、哭、哭，妳哭什麼啊！」李老師不但沒有同情湘頤，反而更加生氣，加重語氣地喝斥。

此時，全班同學皆如驚弓之鳥，沒人敢出聲。莫約過了十分鐘，黃昱叡竟兀自地站了起來，以平淡的口吻說：「老師，你罵完了嗎？可以上課了嗎？」

當他說完這兩句話時，全班同學都嚇呆了，不知道脾氣暴躁的班導師，接下來會有什麼樣的反應。湘頤沒想到黃昱叡會有如此的舉動，會為了自己而跟班導師頂嘴，雖感到有些溫暖，但她也跟班上其他人一樣，深刻感受到一股暴風雨即將來襲的低氣壓。此刻，每個人都靜默不敢發出一丁點聲音，甚至連呼吸都不敢太用力。教室裡的空氣像是被凍結了似的，原本已相當低沉、極度不安的氛圍，被黃昱叡的兩句話直接推向了地獄。

過了幾秒後，一場火山爆發般的強大威力，果然發生了！李老師暴怒的等級，差不多跟公元七十九年爆發的維蘇威火山威力一樣，足以毀滅一座城。

李老師原本已經相當不悅了，瞬間轉為火冒三丈、怒氣沖天，不但氣得發抖，還狠狠地把數學課本丟到黃昱叡臉上，氣得七竅生煙、火冒三丈罵個不停。罵完後，又把黃昱叡拉到訓導處那邊。留下錯愕、驚恐的同學們，留在教室裡議論紛紛。

嚴厲的班導師，在學生面前板著臉的次數不算少，但如此氣憤的神情，湘頤記得應該是第一次，心中的感受特別強烈，畢竟整件事的源頭，就是因自己而起，因為自己上課不專心，因為自己影響到全班同學，因為自己而牽連到黃昱叡。

湘頤不知道黃昱叡會受到怎樣的處罰，但看李老師的態度如此強悍，應該不會輕易善罷干休，可能會有小過以上的懲處吧！枯坐在自己座位上的湘頤，哪還有心情看書？她也不敢跟一旁的同學聊天，今天這件事的罪魁禍首就是自己，哪還有臉跟旁人說東道西。她只能靜靜地聽，聽其他同學說三道四：

「黃昱叡真的很不應該，怎麼可以這樣跟老師說話！」

「就算老師上課了，黃昱叡也沒有在聽課啊！」

「我以前就覺得黃昱叡是個壞孩子，跟他同班真倒楣！」

「我們班如果沒有黃昱叡，成績應該可以更好吧！」

「老師說得沒錯，黃昱叡這種壞學生早就應該轉學，免得我們都受他拖累了！」

從同學們口中說出來的話，每一句都在指責黃昱叡，但湘頤可不這麼想。先不管黃昱叡的功課如何，他剛剛的動作也沒錯啊！李老師幹嘛生這麼大的氣？原本人緣就不佳的他，會不會因為這件事而更加受挫，大家似乎都把他當成了毒蛇猛獸，十惡不赦的大壞蛋，而這一切，全都是因為自己害了他啊！

11

為了保障同學隱私，學校規定：凡是學生懲罰的公告，都不可以張貼在布告欄上，讓別人看見。所以，黃昱叡對李老師頂嘴的事，最後受到了怎樣的懲處，湘頤並不清楚，黃昱叡自己也不願意多談。班上同學有人說是「一個大過」，也有人講是「兩個小過」，甚至有人說班導師已要求他轉學了。眾說紛紜，卻沒有確切的答案。但可以確認的是，李老師對黃昱叡的態度更加嚴厲、說的話更加難聽了。明顯看得出來，李老師是個會記恨的人，這讓湘頤感到十分愧疚，好幾次她都想親自跟黃昱叡說聲抱歉，但還是開不了口，甚至連走到他面前的勇氣都沒有。

原本以為事情過後，班上就風平浪靜了。湘頤沒想到，李老師和黃昱叡間的風暴還沒結束，繼續糾纏著。

幾天後，在數學課堂上：

李老師一進教室先是沉默了幾秒，環視全班一圈，銳利的眼光最後又停留在垃圾桶那方位。緊接著，宛如原子彈爆發，鏗鏘有力地飆罵了許多，這次，倒是有一些新的說法，過去沒有在課堂上使用過的，像是：「家長竟說這樣的話，要不，自己帶回家去教啊！」、「不是自己很會教，那幹嘛要來學校上課？」、「自己的孩子有問題，還怪老師！不想待在這一班？還有一大堆功課好的同學想進來這個班級呢！」、「有這樣的家長，生出這樣的孩子，我一點也不意外！」這些話，句句用詞尖酸，字字刻薄。

只是，這些話語讓許多人一頭霧水，丈二金剛摸不著頭腦，湘頣跟其他同學一樣，聽不懂班導師火冒三丈的緣由。況且，黃昱叡這兩天也安分許多，除了有時候會在課堂上睡覺外，也沒見他犯什麼錯。班上同學都沒有人想跟他說話，當然不會因講話而吵到其他人啊！

李老師疲勞轟炸地譏諷、怒罵了十多分鐘後，最後加問了一句：「黃昱叡，你有帶『錄音筆』來學校吧！」

這句話讓湘頣和全班同學都感到莫名其妙，還有同學不知道「錄音筆」是什麼東西呢！

李老師接著用關心卻詭異的語氣對全班同學說：「班上所有同學都要注意喔！在這班級裡不能亂講話，最好不要講任何話，免得被人錄下來了！」

「在班上不要講任何話！」、「講話會被錄音！」才國中一年級的大孩子，怎麼會理解「講話會被錄音！」這是怎樣的一種狀態？感覺就像是電影、電視諜報劇、偵探劇裡的情節那般，危機四伏，「被錄音」可是件很恐怖的事啊！

李老師話才講完，全班同學立刻轉頭過去看著黃昱叡，竊竊私語數落著他，對他投射出極為憤怒的眼神。

「到底發生了什麼事？是不是昱叡的爸爸來學校說了什麼？」湘頤心裡問著自己，卻不敢轉頭看昱叡，害怕印象中堅毅帥氣的他，此時會變得脆弱無助，而自己跟往常一樣怯懦，依舊無法伸出手來，安慰他、支持他。而且，此時若轉頭過去看他，不就成了一起看不起他的幫凶。

「老師，我爸爸應該不是那個意思……」

湘頤背後傳來一個微弱、低聲的呢喃，或多或少被淹沒在同學的議論聲中。那是昱叡的聲音，似乎要在這場不公平、不對等的爭執中，表達出求和的態度，試著緩和緊張的氣氛。

12

杵在教室最角落的黃昱叡，儘管與講台相距很遠，說出的聲音很小，小到幾乎若有似無，但還是被李老師聽見了。求饒不成，卻適得其反，班導師並未因黃昱叡可憐的哀求而消氣，反而像是被激怒的野狗大發雷霆，甚至隨手拿起講桌上的板擦，猛然一丟，往垃圾桶方向擲了過去，「哐啷」一聲巨響，又嚇壞了不少同學。

身手矯健的黃昱叡一個側身，閃過了板擦，板擦撞在牆上公佈欄而發出聲響，並沒有直接砸到他身上。這回，受到驚嚇的湘頤不自主地轉頭過去，只見到板擦撞擊力道太強了，使教室後方區域瀰漫出一陣蒼白的粉筆灰，少數沾到地面，而多數飄落在昱叡頭髮和臉上，染白了一大片，他忍住這種屈辱，用手抹去眼睛和嘴巴上的白灰，但頭髮依舊白白的，那滑稽模樣讓許多同學忍不住笑了出來。

原本低聲下氣的昱叡受到嘲笑，雙手拳頭緊握，上下嘴唇緊緊地抿在一起。這次，他忍住了，沒有站起來跟李老師對嗆，但睜大眼睛，直視著班導，一點也沒有退卻的模樣。

湘頤記得，小學五年級時，昱叡還沒有現在魁梧、壯碩的身材，卻不知什麼原因，跟巷子口附近一個國中生打架。那時候的他，也曾出現過同樣表情、眼神流露出跟現在一模一樣的殺氣。那時個頭較小的昱叡，最後書包的背帶斷了、衣袖破了，但打贏了國中生。然而此刻，對方是老師，雖然身材不相上下，可是階級、地位昱叡都在下風，就算打贏了，也會遍體鱗傷，後果難以想像。

然而，昱叡帶錄音筆來學校是要錄什麼呢？要錄音的內容跟什麼事有關呢？昱叡的爸爸為什麼要他帶錄音筆來學校呢？湘頤有個親戚姊姊是當記者的，隨身會配戴一支錄音筆。她記得那個姊姊曾說過，有了錄音筆很方便，隨時都可以把對方的話錄下來，這樣對方想賴都賴不掉了。

湘頤在還沒想通這些答案時，再度又被班導師的吼叫聲給嚇到了。

李老師似乎沒有要放過黃昱叡，繼續用言語刺激著他。

「你們評評理、評評理啊！黃昱叡的家長竟然要他帶錄音筆來學校，要在教室裡錄音，把我們全都當犯人。這樣做法合理嗎、有理嗎？認為黃昱叡家長作法很棒的舉手！舉手啊！」

老師都這麼說了，當然沒人敢舉手，連黃昱叡自己也不敢把手伸出來。言詞極盡誇張、煽動的李老師，竟然要全班公審黃昱叡，而且完全不給犯人辯駁，連說一句話的機會也沒有，就狠狠地把黃昱叡標記成全班公敵。

板擦在教室後的牆面上，留下了白白的粉筆漬。但在湘頤心裡留下的，卻是對老師不合情理的強硬作風、鴨霸行徑所產生的黑影，令她不寒而慄。這讓她又一次回想起開學初期，自己也曾因為地磚縫隙裡的樹葉沒掃乾淨，而被痛罵一頓。李老師完全不聽同學的解釋，不接受同學的說明，這點讓湘頤無法認同，對他的好感度再一次降低了。

還有李老師的偏心、不能公平對待班上每一個同學，也是湘頤相當不滿的。若是潘麗雯犯了跟黃昱叡同樣的錯，榮譽單被記的次數一樣多，被懲處的質與量，兩者一定不同。班導對潘麗雯可能連罰都沒有，只是訓勉幾句就了事，而對黃昱叡絕對是嚴刑伺候。雖然同為女生，湘頤對潘麗雯享有的特權卻一點也不羨慕，反而替黃昱叡抱屈。

13

自從上次被李老師用板擦丟過一次後，黃昱叡不只成了全班笑話，更是大家的公敵，在班上也是被鎖定的目標，是那些好事者攻擊的對象。就像接下來的那件事，對黃昱叡來說，也是極其不公平的，連湘頤都覺得他很無辜、很可憐。

事情是發生在段考的第二天，考生物那堂課。不知道黃昱叡是已經寫完考卷了，還是不會寫。總之，他閒來無事在那兒轉筆。「轉筆」是班上近來很流行的一個小動作：左手或右手都可以，只要把原子筆夾在幾根手指頭之間，用手指的力道，讓筆在指間跳躍、轉動。技術好的，可以讓筆一直轉個不停，技術差的，轉沒兩下，筆就會掉落了。說穿了，這只是個很無聊，卻可以打發時間的遊戲罷了！

學校和李老師都沒有特別強調不可以轉筆，沒有禁止的限令。只是筆掉落地面時的聲音，多少會影響到班上上課的秩序。偏偏那堂課，是在考試期間，教室裡顯得特別的安靜無聲，而黃昱叡還讓手上的筆，掉到地面兩次。

「你很吵耶！」

筱芸突如其來的責罵聲，著實讓正專心寫考題的湘頤嚇了一大跳。其實筆掉到地面那輕微的撞擊聲，影響並不大，湘頤甚至根本沒有聽到。反而是筱芸大聲斥責的聲音，才是破壞班級寧靜的主因。

「你到底懂不懂考試規則啊？」、「你不會寫就安安靜靜地坐著，幹嘛吵人家啊！」、「白癡當然不會寫啊！只會『轉筆』的智障！」

在筱芸發聲後，陸陸續續又有許多同學，發出「正義之聲」，紛紛加入撻伐黃昱叡的行列，完全不理會講台上的監考老師。

湘頤悄悄地轉過頭去，看著黃昱叡同學，他一臉無辜，手上的筆早已收起來了。但一句話也不說，完全沒有替自己辯駁，默默地看著窗外。那落寞的神情，跟小學時活潑開朗的他，全然不同，連湘頤都忍不住同情。

「老師！黃昱叡影響到我寫考卷啦！你能不能把他趕出教室！」

「是啊！不要讓他繼續留在教室啦！這樣會影響我們班的生物分數，趕快把他趕出去啦！」

筱芸和其他同學竟然說出這樣無情的話來表達抗議，讓湘頤無法理解，也很難接受。這根本是無限上綱啊，這些指控根本是針對黃昱叡這個人來的。筆掉到地面所發出的聲響，遠遠小於同學們抱怨的聲音，但犯錯的人是黃昱叡，所以就罪無可赦嗎？

「同學安靜，這事情我會跟你們導師講的！」監考老師安慰地說：

「你們好好寫考卷，別的事先別管！」

「老師，把黃昱叡趕出去啦！」筱芸繼續抗議。

「趕出去、趕出去、趕出去……」

同學們雖然才國一，但每個人似乎都學習了大人們的舉動，把街頭抗議那一套拿到教室裡來。連監考老師都很尷尬，不知如何平息這場風波。

這時，黃昱叡竟站了起來，頭也不回地走出了教室。

「黃昱叡同學、黃昱叡同學！」監考老師在後面叫著，卻叫不住他。

「老師，黃昱叡考試期間翹課，你一定要記他大過啦！」

「考試翹課，那一定要零分了！」

「他功課那麼差，就算有寫，也可能零分啊！」

湘頤考卷寫著寫著，竟然默默地流下了眼淚，她不知道這個班級怎麼了？不知道同學怎麼了？為何要如此對待黃昱叡，難道一定要落井下石，把他逼到死路才罷手嗎？

14

在李老師的影響之下，一年過去了，黃昱叡徹底成了二年三班的邊緣人，班上同學一方面無視於他的存在，不理他、不跟他講話。曾經在放學時，見他睡著了，大家故意安安靜靜地離開教室，就是為了不要吵醒黃昱叡，讓他醒來時，驚訝地發現教室裡全都沒有人了。另一方面卻又把焦點放在他身上，在乎黃昱叡是不是遲到、是不是上課睡覺，是不是做了什麼壞事，犯了什麼缺失可以讓人登記在「榮譽單」上。

班上瀰漫著一股奇怪的氣氛，那就是：壞孩子由黃昱叡來擔任，自己就可以高尚一點；有黃昱叡在，自己就不會被班導師注意。反正他就是一種「替死鬼」的概念，打掃沒有掃好，可以把責任推給黃昱叡；考試沒有考好，可以怪說因為黃昱叡成績太差，把班平均拉低了；教室太吵，可以說是黃昱叡愛講話；教室有人掉了文具，黃昱叡一定是第一個被懷疑偷竊的人……

很多時候，湘頤竟不自覺地跟班上同學一樣，做出這些相同的霸凌行

為而不自知。她越來越厭惡這種「榮譽單」制度，這種制度造成了班上同學嚴重的對立。哪天黃昱叡真的轉學轉走了，是不是又會有另一個同學來頂替他的位置，成了班上最令人討厭的人的身分呢？湘頤每天收的「榮譽單」裡，幾乎每一張都還是有黃昱叡的名字，讓她很無奈。她十分關心這個曾經跟自己同班過多年的男同學，與導師衝突後，每天來學校都做了些什麼？真如同學們在單子上所寫的那樣，整天為非作歹嗎？

湘頤觀察後發現，下課時間黃昱叡總是一個人跑到福利社旁的榕樹下，自己一個人枯坐、發呆。這不能怪他，他在班上成了人人喊打的過街老鼠。全班同學，特別是女學生，心都向著班導師，為李老師曾受到黃昱叡父親的詰問而感到憤憤不平，這怒氣全轉嫁到他身上。當然，千夫所指的禍首，怎有臉留在教室？

「黃昱叡你現在應該很難受吧！」湘頤看著榕樹下的那個男孩，自言自語地說著。

「不要吧！」佳妤輕輕拍著湘頤的肩膀，搖搖頭說：「妳跟我不一樣！」

湘頤嚇了一大跳，她沒想到自己的自言自語竟然被人聽到了，而且還是最好的朋友，讓她尷尬得想找個洞，鑽下去躲起來。

心思敏銳的佳妤，多少看得出湘頤的心意，但她知道，當昱叡成為班上眾矢之的時，湘頤若是選擇站在昱叡那一方，就擺明了與導師作對，與全班同學唱反調啊！現在還是國二，還有一年多的時間，要如何在這個班上立足啊！

「妳現在，至少目前，還是別去關心那個男孩子，會給妳帶來麻煩的！」佳妤若無其事地說。

「麻煩？什麼麻煩？」湘頤不解地問。

佳妤這次連回答都懶得回答了，面無表情，讓湘頤感到十分困惑。

「人際關係怎麼這麼複雜啊？」湘頤低著頭，再一次自言自語地說著。

兩個女孩，靜靜地坐在教室窗前，相距約一公尺遠，看著窗外同一個男孩子，彼此沒有再多說些什麼。她們曾經是那麼要好、無話不談的朋友，但現在卻是跟對方聊上幾句的話題都找不到，連彼此靠近些都覺得彆扭。也許，青春期的心情是連好朋友都無法分享，沒辦法理解的。也許，保持這樣一定的距離，是最好的關係！

最後，湘頤仍是沒有走出教室，走到榕樹下去安慰昱叡。終究是沒有勇氣，為了這尚未萌芽的初戀，捨棄自己在班上的地位。李老師曾公開說，自己是班上唯一可能考上第一志願女中的好學生，是班導師眼中的寶，是學校的寶，你們要跟湘頤同學多多學習。

湘頤清楚知道，在李老師心中，功課好的學生，犯任何錯都可以被原諒，除了「談戀愛」這件事。國中生「談戀愛」是李老師最忌諱的，潘麗雯就曾經因為接受了隔壁班男生的情書，而被班導師大罵，幾乎被罵得體無完膚，罵得她淚如雨下。

「妳覺得李老師是個怎樣的人？」

佳妤怎麼會突然拋出這議題，讓湘頤不能理解。雖然這個話題，早已在她心裡反覆思考了很多回，但始終沒有理出一個答案來。難道，佳妤也跟自己一樣，對李老師的教育方式有所質疑？

15

談論李老師是個怎樣的人，在這個班級裡似乎成了一個禁忌的話題，沒有人敢談。除了歌功頌德外，沒有同學敢議論班導的不是，沒有人敢批評他的任何做法。李老師可是這所國中最重要的升學王牌，是許多家長讚譽有加的名師。若誰敢說導師的不是，那個人一定會被歸類成黃昱叡那種不求上進、無法吃苦耐勞、不懂得感恩的壞學生。

「妳怎麼會這樣問呢？」湘頤好奇地問佳妤，卻不敢正面回答，不敢說出自己的看法，好像說出了自己心裡的話，會被好友出賣，一字一句都得謹言慎行才行。

「那個禽獸！畢業後我一定要殺了他！」

聽佳妤咬牙切齒地說出這句話時，湘頤著實嚇了一大跳。全校師生、家長眼中的最優良教師，怎麼會是禽獸呢？

「嗯！我同意妳的說法。」

身後說這句話的人是潘麗雯，她不知何時冒出來的，手還搭在佳妤的肩膀上，狀似親密。

「怎……怎麼回事？」湘頤問這話時，還微微地發抖、不可置信。似乎是自己去窺探了什麼不可告人的事，畢竟這是個從未聽過的說法、極為勁爆的消息。還有，潘麗雯什麼時候跟佳妤成了這麼要好的朋友？自己一點也都沒有察覺到啊！

「妳知道嗎？班導師竟然『性騷擾』……」

講到「性騷擾」三個字時，佳妤眼中充滿了憤慨，抿著嘴，加重了語氣，而一旁的潘麗雯竟然也是猛點頭。

「班導師『性騷擾』？這、這是很嚴重的指控，妳、妳是亂說的吧！」湘頤說這些話時，自己有些結巴，但更多的是害怕，害怕佳妤瘋了，胡亂指控、栽贓班導師。這種話萬一傳了出去，有人知道佳妤亂說李老師的壞話，不但不會有人相信，她還極可能成為第二個黃昱叡，將來在二年三班裡的日子絕對不好過。

但佳妤像是豁出去了，一點也不害怕，一五一十詳實地將李老師的惡行說給出來，將李老師利用「管教」學生、捏學生腰內肉的機會，撫摸了自己胸部的事說給湘頤聽：

「有一回，他竟然把他那隻髒手，從腰部慢慢靠近我的胸罩下緣，最後竟然摸進了我的胸部，還假惺惺地說，『要多吃點青木瓜，不然會長不大喔！』妳說，噁不噁心？我胸部大小關他屁事啊！」

「不會吧！不會吧！」

湘頤連說了兩次，第二次卻是微弱得剩下氣聲，像是在喃喃自語。她不知道該不該相信，老師性騷擾學生的事，只會出現在網路小說裡，怎麼會發生在現實世界，怎麼會發生在自己班導師身上呢？更何況李老師可是眾人眼中的好老師，不可能做出這種事啊！

「當場沒有其他同學看到嗎？」湘頤問，同時看著潘麗雯。

「我沒看到，但我相信佳妤說的。」潘麗雯說。

「沒有！應該沒有其他同學看到。」佳妤說：「那天下課鐘聲一響，我跟其他同學一樣，衝到辦公室交罰寫，在隊伍裡我明明排在中間，但班導師先檢查其他同學的罰寫，把我晾在一邊。直到大家都回去了，才檢查我的。那時周圍已經沒有別人了，而且，他旁邊的張老師也不在座位上，所以應該都沒有別人看到。也就是沒有其他人了，他才敢做這種下三濫的事啊！」

佳妤說得煞有其事，讓湘頤不知道該不該相信，這瞬間腦子陷入一片空白，導師溫文儒雅，與「色狼」那種猥瑣的形象相去甚遠，怎麼也無法將李老師與「變態」串聯在一起啊！而小學時的好朋友佳妤，在上了國中後，與自己漸行漸遠，兩人不再是無話不談的好姊妹。她的心思讓湘頤難以捉摸，湘頤懷疑她是受了潘麗雯的影響，而變得怪裡怪氣的。

「是不是妳想太多了啊？」

湘頤的回答徹底惹惱了佳好，不是她不相信好朋友的說詞，而是這突如其來的訊息太震撼了，讓人措手不及。她還沒有時間思考事情的真相，更不知道應該跟佳好說些什麼。

佳好對湘頤相當不諒解，自己不但把湘頤當成朋友，還是考慮了多久，累積了多大勇氣才敢說出口？那是基於信任，認為湘頤一定會安慰自己、一定會站在自己這一邊的。沒想到獲得質疑的回應，自己像是個說謊者、造謠的人一樣被懷疑，像是被打臉、被背叛，叫佳好情何以堪！

「好啦！好啦！是我亂說的，可以了吧！」佳好幾乎哽咽了，半晌才狠狠地說出幾個字：「妳繼續去當妳的好學生、好班長吧！」

看著與潘麗雯相互扶持，轉身走掉的好姊妹，湘頤想，自己與佳好會不會就此決裂，沒辦法再當朋友了？當朋友有難時，自己不但沒有伸出援手，竟還諷刺她「想太多」，這太不厚道了。而上次佳妤從班導那兒回教室後，一直哭，甚至顫抖不已，那絕不像是偽裝出來的。

16

下學期快結束時的某一天，天氣十分炎熱，就算坐在教室裡，依然揮不去那股悶熱的感覺，就像蒸籠剛被掀開，又濕又熱，一點風也沒有，身邊充滿了停滯不動的潮濕熱空氣，讓人連動都不想動。湘頤顧不了那麼多，一邊擦拭著額頭上冒出的汗珠，一邊繼續翻閱著手邊的參考書，認真地看著書上的練習題，希望運氣不錯，可以多猜中幾道期末考題。

「走，跟我來一下！」

湘頤冷不防被一旁小心翼翼的催促聲給嚇了一大跳。

「怎麼了嗎？」

湘頣一頭霧水，轉頭發現，那是佳妤，她拍了拍自己的肩膀，像是在提醒自己。

佳妤已經好一陣子沒和湘頣說話了，這次她沒有多說什麼，只是拉著湘頣的手，不停地往前跑，直到辦公室外面才停了下來。

「妳看！妳等著看好戲吧！」佳妤說：「妳看了就知道我有沒有騙妳！」

「騙我？到底是什麼事啊？」湘頣還是不太清楚，佳妤到底要做什麼？要給自己看些什麼？要證明什麼？

湘頣跟著佳妤，兩人緊靠著辦公室的外牆，慢慢地將頭伸高，直到可以清楚看到辦公室內的景物，才以半蹲的姿勢停了下來。

湘頤想到上回佳妤對自己說過的那一番話，或許是要證明她所言不假吧！

此時，湘頤眼中看到的是李老師的座位，他正坐在自己的座位上，一旁則有潘麗雯站在那兒。她有一百六十幾公分，應該是班上女生裡頭最高的一位了，相當醒目，一眼就可以認出來。同樣是國中生，她發育得比別的同學還要好，根本是個小女人了。潘麗雯長相也很不錯，雖然功課不好，但很得二、三年級男同學們的喜愛，常常收到學長們給她的信。雖然自己班上的男生不喜歡她，但不可諱言，她很有男人緣，這點令湘頤十分羨慕。

「妳要我來這裡看什麼啊？潘麗雯犯了錯嗎？」湘頤問。

佳妤依舊沒有解釋，只是簡單地說：「妳看就是了！」

由於窗戶離班導師的位置有點遠，加上隔著鋁門窗，雖然可以清楚看到裡面的一舉一動，卻無法清楚聽到裡面的聲音。所有的對話，只能從他們的嘴型變化來判斷。

「老師好像沒有罵潘麗雯耶！她……」

湘頤話才說一半，突然背後被一顆球給打到，那是在走廊玩球的男生，不小心丟過來的。球擊的力道雖然不強，但突如其來的撞擊，讓原本就鬼鬼祟祟，正做著「偷窺」這種見不得人事的湘頤，嚇了一大跳，反射性地大叫一聲：「哎呀！」

這個聲響引起辦公室裡老師們的注意，特別是李老師，立刻走到窗邊來、打開窗子往外看。

「誰？是誰？誰在這裡？」李老師氣憤且慌張地問著。

在這短短的一、兩分鐘內，膽小的湘頤雖然已被嚇得魂不守舍，但仍十分警覺地躲了起來，畢竟她瘦弱、矮小的身材很好躲，躲到走道旁的榕樹後面，幾乎就不會被發現了。

倒是佳妤沒這麼幸運，她當場被李老師抓個正著。

這讓躲在樹後的湘頤嚇得發抖，她不知道好朋友佳妤會受到怎樣的處罰，會不會出賣自己，把自己也拖下水，說自己也躲在牆外偷看？她只知道，現在絕對不能出現，絕對不能跟佳妤一樣，被李老師逮住，否則下場一定會很慘。

17

躲在辦公室外偷看李老師這件事，是發生在學期結束前幾天。期末考後就接著放暑假了，班導師沒有特別找湘頤去問話，這有兩種可能：一是李老師根本不知道湘頤也參與了這件事；二是李老師全盤知道，但還沒有處理，要等到開學後再來算帳。

若是前者，那就代表佳妤沒有出賣自己，沒有把自己也有參與的狀況供出。但湘頤擔心的是後者，她知道李老師的記性很好，以前同學犯過什麼錯，他全都記得，等到親師座談會時，再一一講給家長聽。

因此，這個暑假讓湘頤過得相當不安穩，總是胡思亂想。害怕一開學，李老師會在全班同學面前說出這件丟臉的事，自己從此被冠上「偷窺狂」的外號；害怕一開學，李老師會把自己的座位調到偏遠的位置，自己從此被其他同學唾棄；害怕一開學，李老師會記自己的過、會嚴厲地處罰、會飆罵……

她極不穩定的情緒狀況，被媽媽發現了，很關心地詢問，但湘頤實在不知道如何開口說明。畢竟自己去辦公室外偷看導師的事，是自己有錯在先。而李老師有沒有對佳妤或潘麗雯性騷擾，這種話也不能亂說，在完全沒有任何證據之下，這可是嚴厲的指控，也可能是誣告。自己也不可以從佳妤單方面的說詞，就輕易相信。如果媽媽去學校質問李老師，只會把事情搞大，甚至鬧得一發不可收拾，那可怎麼辦？自己在這個班級一定會被視為「異類」，被同學們認為是破壞班級和諧的「害群之馬」啊！

還是三緘其口好了，但在母親溫柔的眼神之下，湘頤內心相當激動，過去學過「有苦難言」的成語，現在完全體會到了。

湘頤母親應該是看出了女兒的苦衷，不再逼她說任何事，只是抱著女兒輕輕柔柔地說：「再艱難的日子總會過去的，不要想太多了！但是，有些話、有些事留在心底，如果無法消失，沒有解決，有可能發酵，變酸、變臭喔！」

再艱難的日子真的都會過去嗎？湘頤在媽媽懷裡痛哭了一場，像是個小嬰兒般，毫無顧忌地放鬆自己的心情，然後就沉沉地睡去。

在睡夢中，湘頤與自己的好朋友們，一起手牽手，在校園裡愉快地奔跑，小學老師也過來了，大家有說有笑，一起唱歌、一起看著天上變幻莫測的白雲，一下子像是棉花糖、一下子又變成了花朵……真是愉快！

只是，不久後，雲朵累積越來越多，白雲變成了烏雲，大地不再是原本的碧綠，好朋友們與老師都跟自己揮手說再見，慢慢地遠離，最後消失在草原的盡頭。只剩孤單一人的湘頤，驚慌地四處張望，不知道該如何是好。

湘頤試圖尋找好朋友和老師的時候，天地突然變得漆黑，下起了大雨、颳起了巨風。當她再仔細往前看時，出現在面前的竟然是李建仁老師。他身穿黑色斗篷矗立在眼前，用一種很奇怪的眼神看著自己，像是在奸笑，又像是憤怒的表情，不停地搓揉雙手，然後伸出魔掌，眼看就要抓住自己了……

這可怕的噩夢到此，湘頤被驚醒了。

湘頤看著四周，已經深夜了，媽媽也回去自己的房間了。身旁不但沒有媽媽，也沒有夢境裡的好朋友們，更沒有以前的老師們。

「自己終究是孤單的一個人啊！」湘頤自怨自艾地想著。

坐在床上思索夢境的湘頤，這時想起剛剛夢裡的「好朋友們」竟然都不是筱芸和佳妤她們，而是一些陌生的臉孔。

「筱芸和佳妤、黃昱叡他們都不再是我的好朋友了嗎？我們不可能再成為好朋友了嗎？」湘頤問著自己。

18

國一、國二的日子，雖然風風雨雨，但也很快就接近尾聲。當教室搬到第一棟「勤學樓」後，這也就意味著要進入備戰狀態了。所有國三同學都要為打一場聖戰而努力，而這場戰爭中的「敵人」，正是會考試卷上那些題目，要將它們一道道擊破，救出正確答案，再用２Ｂ鉛筆精準地將正確選項填在答案卡上，才能贏的這場「聖戰」。

在李老師帶領的三年三班，一路走來始終如一：所有的班級競賽，照例都獲得第一名；各項考試成績也毫無意外，都達到全年級第一名的高成就，更是教務處預測明年五月國中會考後，志願選填結果會很亮眼的一個班級。這被寄於厚望的優秀班級裡，最頂尖的學生湘頤當然是最被看好的。除了班導李老師外，國文、英語、自然、社會各科老師，也都期盼她能獲得滿級分，好證明自己是個很會教、能教出滿分學生的厲害老師。

暑假過後，湘頤所擔心的事並沒有發生，李老師並沒有處理上學期末，自己和佳好在辦公室外偷窺的事，真正原因是什麼，湘頤並不清楚，更不敢多問。

每個人在乎的都是分數，卻沒有人注意到湘頤的心，那個身處青春期風暴中的小女孩，正被班級氛圍、好朋友們對立、導師怪異舉動，搞得對人生感到極度困惑。這個「好班」決不是她所期望、所喜歡的，甚至走進三年三班教室時，就覺得渾身不舒服。在班上，她只與同學討論功課，不談其他話題。與原本的好朋友筱芸和佳妤幾乎已形同陌路，好久沒有說話了，連手機通訊軟體裡也沒有一句問候、沒有一張圖片。明明每天都可以在教室碰面，但貼心的湘頤，還是會在好朋友生日那天，傳送生日快樂的貼圖給她們，只是結果都石沉大海、已讀不回，甚至是未讀未回。

湘頤失望之餘把所有心思全放在課業上，所有空暇時間都拿來念書。儘管那些課程她早已滾瓜爛熟，還是反覆不斷地複習，因為只有在成績上可以讓她有成就感，忘卻周遭的紛紛擾擾，不去想那些令人煩心的事，特別是「人際關係」這部分。雖然媽媽總安慰自己，上了高中一樣可以交到好朋友啊！上了高中就不用再費心去想這個班級的是是非非了。媽媽的話說得沒錯，但湘頤難免還是會分心，在教室裡看到黃昱叡、筱芸和佳妤他們，卻一句話也說不出來。湘頤心中難免有強烈的失落感，為失去的友誼感到難過，為越來越遠的愛情感到無力。偶爾看到昱叡愈發強健的體魄，厚實的胸膛、粗壯的手臂和小腿，總讓自己心情激動。她知道這樣的思緒是不對的，自己像個淫蕩的女孩子，想那些齷齪的事，是不可以的。現在當務之急是順著所有師長們的期望，考上第一志願的女中，而不是談戀愛，絕不能放縱自己，浪費寶貴的時間去想昱叡。

這天，上體育課前的下課時間，大家正準備往操場移動時，佳妤突然衝進教室，又拉著湘頤的手往外衝。

「怎麼回事？怎麼回事啊？」

湘頤深感莫名其妙，甚至感到惶恐，卻得不到佳妤的任何答覆。然而這樣的行動，跟上學期末，去辦公室牆外偷窺的狀況幾乎如出一轍，過去那一場不好的記憶極可能再次重演。雖然上次沒有受到李老師的處罰，但可怕又痛苦的記憶猶新，湘頤心頭上的陰影依然存在著。

19

佳妤拉著湘頤的手，氣喘吁吁地從勤學樓跑到行政大樓，兩人又跑到導師辦公室外面，才停下腳步來。

「妳看！妳看！」

佳妤急迫地指著窗內的辦公室，從手指尖一直線延伸過去，那兒還是李老師的座位。

「怎麼了嗎？」湘頤小聲地問，她雖不想再做「偷窺」這樣的行為，但忍不住心中的好奇，自己的雙腿還是捨不得移動。

李老師找學生到辦公室問話，這是再平常不過的事了，上次佳好也是說「有大事要發生了」，但什麼事都沒有。湘頤不懂佳好為何總愛大驚小怪？為什麼總是喜歡觀察李老師的行為？上次的潘麗雯是個大美女，而這次約談的是男生，難不成李老師也會對黃昱叡做出性騷擾的行為？

佳好似乎沒有要解釋的意思，只是把食指放在嘴唇上，輕輕地說聲「噓～」示意著要安靜些，不要多說話。

湘頤隔著玻璃窗，看見班導師面前，立正站好的是葉宇倫、黃昱叡兩個學生。應該是已經訓斥了好一段時間，遠遠地從嘴形變化，倒是看不出他們談話的內容為何。

「最近除了『榮譽單』上有出現葉宇倫、黃昱叡的名字外，他們好像沒有遲交罰寫，也沒有考試分數特別的差啊！」湘頤說。

「噓、安靜點不要說話！」佳妤再次提醒著。

從湘頤所站的角度望過去，看到的李老師並沒有很生氣的樣子，雖是比手畫腳，卻也完全沒有伸手去碰觸男學生的身體。李老師有時還會笑，那種嘴角只揚起一邊的模樣，看來不像是在說笑，倒像夢境裡詭異的笑法。黃昱叡的表情可大不同，抿著嘴，似乎對李老師的說法相當不滿意，從遠遠的窗外就可以看出他漲紅了臉、憤怒的神情，不滿的情緒極可能一觸即發。

果不其然，接下來的一幕，讓湘頤懷疑自己的眼睛是否看錯，那火爆的場面應該不會發生在學校，更何況是發生在教師辦公室啊！

李老師說著說著，竟然拿起球拍，反過來用羽毛球拍握把處，去戳葉宇倫、黃昱叡兩位男學生的私處，嘴裡還不知道說了些什麼，邊說邊笑。

這不堪、極盡羞辱的畫面，讓湘頤不忍直視。但後面還有更加勁爆的畫面出現：

黃昱叡這回不像過去那樣怯懦，毫無反抗。此時，他竟然一手撥開頂著自己下體的球拍，惱羞成怒地搶走球拍，並將它握在手上，然後奮力一折，硬生生把球拍給折歪了，再將損毀了的球拍大力甩在地上。

「我的球拍，我的球拍啊！」李老師氣急敗壞的說：「那可是名牌的，一支要好幾千元耶！」

李老師說這句話的時候，聲音應該很大，就算關著窗戶，站在窗外的湘頤和佳妤她們倆，一字一句都聽得清清楚楚。

「活該！」佳妤似乎有些幸災樂禍地說。

湘頤不知道辦公室裡發生了什麼事？黃昱叡為何會被叫辦公室訓話，

也不知道李老師對他們說了什麼？竟然能讓黃昱叡氣成這樣，失控地弄壞了老師心愛的球拍。但她知道，黃昱叡的下場一定會很慘，那球拍可是班導師的寶貝啊！

原本寧靜的辦公室，突然躁動了起來。那些聲音引起其他老師們的注意，而在黃昱叡正想出拳打李老師之際，許多老師全都圍了過來，先由兩位男老師抓住黃昱叡的手，再合力將他壓制在地上，接下來就是一陣混亂的場面了。

「你這個變態！你這個變態！」

隔著玻璃，湘頤清楚聽到黃昱叡不斷喊著這句話。

「我說你，當個學生不好好讀書，學人家把妹！難道我說錯了嗎？你要賠我球拍、要賠我一支球拍！」李老師也不甘示弱地大聲吼著。

20

接下來，辦公室裡發生了什麼事，湘頤並不清楚。因為在黃昱叡大叫那一刻，玻璃窗外，瞬間就擠滿了看熱鬧的學生。矮小的她，視線很快就被圍觀的眾人給擋住了。不久，有個女老師乾脆過來把辦公室的百葉窗給拉下來，大家什麼也都瞧不到了。

「走吧！沒戲看了！」佳妤悻悻然地說著。

佳妤說得稀鬆平常，好像今天會發生這場衝突是預料之中的事。但湘頤心裡很亂，一切來得太突然、太意外了。怎麼會發生這樣的事呢？而事情的原因又是什麼？湘頤不知道昱叡為何會闖下如此大禍，會受怎樣的處罰？他上回已經被記兩次大過了，若再記下去，會不會被強迫轉學？或是無法畢業呢？

在那場混亂中，湘頤確實聽到李老師說「當個學生不好好讀書，學人家把妹……」指的是黃昱叡嗎？而他把的「妹」又是誰呢？難道他已經有女朋友了嗎？怎麼從來沒看過他與女朋友在校園裡走動？難不成是別校的女生？那自己是不是沒有機會當黃昱叡的女朋友了？

湘頤想問佳妤一些問題，像是：佳妤怎麼知道今天會發生如此激烈的爭執？怎麼知道昱叡被叫來辦公室訓話後，會抓狂發飆？又為何想邀自己過來「觀看」這驚心動魄的一幕呢？太多、太多的疑惑需要解開，湘頤不知從何問起。昱叡在班上人緣並不好，如果多問幾句關於他的事，是不是會被佳好瞧不起？而面無表情的佳好心裡想的究竟是什麼？這一切都無從得知啊！她還是自己的好朋友嗎？還是像從前那樣，是個無所不談的好姊妹嗎？還可以繼續跟她說一些心裡話嗎？她會不會背後把自己的想法告訴李老師呢？畢竟，這種打小報告的風氣，因班導師的鼓勵而在班上十分盛行，讓湘頤實在不敢輕易相信任何同學。

其實，自從佳好在通訊軟體裡總是已讀不回後，湘頤就對兩人的友誼感到懷疑，但上次她沒有出賣自己，沒有跟李老師說自己也有參與，也在窗外偷窺的事。這回，又拉自己來看辦公室裡的這場鬧劇，佳好的目的是什麼？她是如何看待自己的呢？

滿腦子都是困惑的湘頤，對友情、對班導師，對所有的「意外」，怎麼想也想不通。才十四、五歲的她，感覺到壓力好大、好大。

這時，湘頤倒是羨慕起筱芸來。筱芸整天嘻嘻哈哈的，雖然功課不好，但人緣不差，每天來學校上課，總是一副幸福快樂的模樣，就算被李老師罵了，也不會難過、生氣。被李老師罰寫，也是乖乖地寫完，沒有一句怨言。她「喜、怒、哀、樂」的情緒中，似乎少了「怒」與「哀」，只有「喜」與「樂」，樂天知命的她，天天過著愉悅的生活，何嘗不是一種幸福，真正的快樂呢！

自己是不是庸人自擾？太過杞人憂天了？總把自己往牛角尖裡鑽。

然而，樂天知命的筱芸為什麼也不理自己呢？是不是自己哪天曾經得罪她了？傳給她的訊息同樣是「已讀不回」？難道自己真的那麼令人討厭？

幾乎沒有朋友的湘頤，心情跟成績倒是成反比，成績越來越好，但心情卻越來越糟。她只希望在升學的「大會考」前，可以平平安安、順順利利度過在致遠國中的每一天。

21

辦公室那場鬧劇發生後，黃昱叡請了幾天假沒來學校上課。明明快要期末考了，教室氛圍卻有些不尋常，跟過去在段考前肅殺的氣氛全然不同。儘管大家都想知道這個班級發生了什麼事？但沒有人敢在李老師面前談論，更不敢在課堂上造次，規矩可說是比平時還更好。但下課時間，人多嘴雜之下，那天的狀況，被許多同學私底下轉述成不同的版本，雖然有些比較接近事實，但也有的內容錯得相當離譜。湘頤對此則是秉持「置身事外」的原則，不參與討論、不發表意見，就怕被人知道，那天自己跟佳好曾經一起躲在辦公室窗戶外，偷窺了一切過程。

湘頤像是毫不關心此事，心裡頭卻是在意的。時常手裡翻著書本，卻豎起耳朵仔細聆聽別人談話的內容。那些流竄的耳語，一句句都指向黃昱叡，對李老師的行為卻是體諒多於責難。

「黃昱叡實在太囂張了，應該記大過！」、「黃昱叡怎麼可以弄壞老師的球拍，最後有沒有賠錢啊？」、「黃昱叡應該被退學吧，怎麼這麼惡劣！」、「聽說他還要打老師耶，跟流氓沒什麼兩樣了！」

所有評論都一面倒地同情李老師，一致譴責黃昱叡的不是。

同學們很有默契，都不在班導師面前提及這件事，也不敢跟其他任課老師詢問整件事情的經過。倒是李老師自己按捺不住，在數學課時，毫不顧忌地發表看法，委屈地對大家說：「時代不一樣了，同學犯錯，當導師的只能忍氣吞聲！」、「遇到這樣的同學和恐龍家長，算『我們』倒楣吧！」、「不然，你們換個導師，換一個能迎合某位同學的人，讓他來當你們導師！」

大家都知道，老師口中的「某同學」、「老是犯錯，讓老師頭痛的同學」是誰。這類言論，確實充滿很強的慫恿意味、激發了大家同仇敵愾的情緒。李老師話才剛說完，班上就有同學紅了眼眶，像筱芸甚至還為此大哭一場，當場安慰導師，並痛罵黃昱叡的不是。

把黃昱叡說得如此不堪，一無是處，李老師輕易贏得了眾多同學的認同與共鳴。許多女生為班導叫屈，怒罵黃昱叡的言詞越來越難聽，佳妤似乎忍不住了，在下課後，導師走遠時，勇敢地站起來跟大家宣布李老師的惡行。還拉葉宇倫出來，要他把當天在辦公室裡發生爭吵的始末說明清楚。無奈葉宇倫不是個有擔當的人，雖然人高馬大，但極為膽小，只能含糊地說：「我忘記了！」

「你這個沒用的男人！」佳妤氣呼呼地罵著。

眼見葉宇倫無法作證，佳妤又拉了湘頤出來。

「湘頤，妳說說看，是不是老師先動手的！」

湘頤完全沒想過自己會被推到浪尖上，腦子裡一片空白，面對全班同學質疑的眼神，完全蹦不出一個字來。

還好此時有筱芸出面解救了她的尷尬，但筱芸不是幫自己說話，而是指著佳妤說：「誰不知道妳和黃昱叡在交往，被老師發現阻止，所以懷恨在心，故意要陷害班導！妳這個不要臉的花癡，連黃昱叡那種爛貨也要！」

筱芸說這些話時，佳妤完全沒有否認，甚至理直氣壯地回說：「我們是正常交往，難道犯法了嗎？」

聽到這些話，湘頤心頭像是被重重地一擊，原來黃昱叡的女朋友是佳妤！這算背叛嗎？打從一開始，黃昱叡就沒有正眼瞧過自己，全是湘頤自己有「被愛妄想症」，把這場從未開始的戀愛，看得如此重要，如今不過是被迫清醒罷了！

22

這天天氣極為酷熱，三年三班又位處四樓，是「勤學樓」教室最高的一層。好處是可以隔絕其他的噪音，讓同學專心讀書；壞處是夏天很熱，讓人汗如雨下。頂樓陽台雖有太陽能板遮擋，但盛夏溽暑的熱氣，仍是毫不留情地覆蓋著教室。所以一到中午，氣溫居高不下，教室就像個巨大的烤爐般，炙熱難耐。似乎在太陽下山、天黑之前，完全躲不掉豔陽荼毒的噩運。

連日熬夜念書準備段考，加上心緒不穩的雙重影響。湘頤想遠離教室內極不舒適的空間，走出教室外，去透透氣，沒想到才走了幾步，眼前出現一片黑，便莫名地暈倒了。

等她醒來時，自己已躺在保健室的床鋪上。這裡有冷氣，讓湘頤感到相當舒服。她很喜歡這個空間，因為病床旁有碎花布做成的簾子圍住，可以把自己完全與外界隔離。陽光透過花布上的紅花，照映進來的是淡淡粉紅色的光線，加上微涼的冷氣吹拂，十分清爽。這樣的氛圍讓已經不再頭暈目眩的湘頤也捨不得離開。幸好護理師阿姨也說：「妳要多休息，不要急著回教室去上課，這樣才能把身體養好啊！」

有了護理師阿姨的叮囑，湘頤像是獲得了偷得半日閒的許可證一樣，可以名正言順地繼續賴在保健室裡休息，忘卻一切煩惱，不必去關心下午的考試，不必去在乎班上同學間的齟齬，只要好好享受這段舒適時光，就算只有幾小時，也是很奢侈的了。

但，快樂輕鬆不到幾分鐘，湘頤就聽到了幾句熟悉的聲音。

「我們班的學生，湘頤她還好吧！」

「嗯，沒事了，應該只是太累了！」

「湘頤這個孩子很不錯，自我要求很高，昨晚一定是念書念太晚了，才會這樣……」

湘頤在布簾後，清楚聽到班導李老師與護理師的對話，聽到這些話，眼角竟濕了。她沒想到平時嚴肅的老師，竟然這麼關心自己，而自己卻還質疑他，不認同他，這些想法實在太對不起李老師了。

「我看看她現在怎麼了，可以嗎？」李老師問。

「她剛剛睡著了，盡可能不要叫醒她，讓她再多睡一會兒好了！」護理師說。

其實，湘頤早就醒來了，但她不知道要如何面對班導，雖然護理師幫她解了圍，她還是側身過去，閉上眼睛，不讓導師發現自己是醒著的。閉著眼時，湘頤隱約聽到導師走進布簾，又走了出去，跟另一個男人說話。她極為好奇，不禁豎起耳朵來聽。

布簾雖不是透明的，但透過外面的光線和聲響，湘頤還是可以確認李老師沒有離開保健室，而跟他講話的那個男人，應該就是校長了。校長似乎要跟李老師講一些極為重要的事，還特別要求護理師阿姨先離開一下。

「到底是什麼事啊？怎麼連護理師阿姨都不能聽？」湘頤嗅到一股不尋常的味道，屏氣凝神、側耳聆聽，想了解他們究竟談些什麼？幹嘛如此謹慎又神祕啊？但是校長說話內容斷斷續續，她無法將整個對話拼湊在一起，還原出校長要表達的真正意義。

「校長您放心，如果能讓黃昱叡轉學，這一切就好辦了！」李老師說。

「讓黃昱叡轉學？」聽到這句話，湘頤頭上又冒出好多個問號，難道上次昱叡弄壞球拍的事，讓李老師記恨到非要他轉學不可嗎？

當布簾外的聲音逐漸遠離後，湘頤回過神來才發現李老師在病床旁的小茶几上，擺放了一瓶鮮奶和一塊巧克力蛋糕。老師貼心的舉動讓湘頤心中湧起一股感動。

「李老師或許真的不是我想像中那樣壞的人吧！難道是我錯怪他了嗎？」湘頤自言自語地說著。

保健室
MILK

23

當走廊上懸掛「二年三班」的班級牌更換成了「三年三班」起，這個班級外表看起來除了換教室所在位置、升學考試造成的緊張氣氛外，所有的一切都沒有改變。李老師帶領的這班，依然是全學年，甚至是全校裡最優秀的。但實際上，班級氣氛和同學間的關係，與國一剛入學時相比，卻是有了極大的變化。特別是湘頤和筱芸、佳好兩個好朋友之間的友誼，已經跟小學時全然不同了。當年在漢堡店舉杯說要「當一輩子好朋友」的誓言，早已煙消雲散了。而昱叡折歪老師球拍的事，後來怎麼了？佳好和昱叡有沒有繼續在一起？湘頤並不清楚、也看不出來，她只知道他們在班上更加沉默，更邊緣化了。湘頤並不想知道那些答案，現在的她，對於還能跟誰當好朋友，並不留戀也不強求。對於班上的是是非非，她一點也不想聽、不想看，更不想了解。現在她只想好好準備會考，日子平平安安地度過，早點脫離這個詭異的班級，就別無所求了。

第二次模擬考結束後，湘頤莫名地被輔導室的呂老師叫了出去。呂老師是個好媽媽型的中年老師，說話溫和、氣質高雅，是湘頤最欣賞的那種女性類型。不知情的湘頤，還以為是成績退步了，呂老師來約談自己，只是要加強課業方面的輔導。所以，湘頤沒有任何心理準備，就跟呂老師去了輔導室的諮商室。這是她上了國中以來，第一次進入的地方。

諮商室裡的木質地板和小熊抱枕，就像在自己家裡的房間一樣，讓湘頤輕鬆自在，完全沒有戒心。呂老師一開始也是閒話家常，聊一些健康方面、課業壓力方面的問題。

當湘頤表示自己沒有一定要念普通高中時，呂老師竟然不像其他任課老師說的那樣，一定要填上第一志願女中替學校爭光、一定要替班上爭光，反而是很認同地說：「這也很好啊！選擇自己有興趣的學校去念，那才是最重要的。」

呂老師這般的貼心關懷，讓湘頤差一點就卸下心房，把接下來的提問全盤托出。但機靈的她，總是考慮周詳，凡事瞻前顧後，對許多想法都會隱藏不說出來。因為湘頤不知道從她口裡說出來的這些話，會不會輾轉傳到李老師耳裡，這樣就不只是對不起班導師，也可能給自己帶來極大的麻煩。

果然，呂老師真正要問的不是課業方面的事，而是問「李老師是否用球拍去戳了兩位男同學的下體？」、「是否有用手，去撫摸女學生的胸部？」、「是用什麼口氣，去罵、去羞辱黃昱叡？」這類敏感的議題。

呂老師會找自己來問這些問題，聰明的湘頤相信她之前應該已經找過佳妤或潘麗雯，而且也知道了一些事情的真相，可見佳妤已經全部說出來過了。但自己不是佳妤，佳妤喜歡黃昱叡，討厭李老師，是人盡皆知的事，所以會站在黃昱叡那一邊，而自己不一樣，沒必要淌這趟渾水，無須選邊站。所以，關於前項，湘頤選擇喪失記憶模式，只簡單地回答「全不記得了」；而後面一個問題，湘頤沒有這樣的經驗，當然回答「沒有！」

「妳有顧忌，所以不方便講嗎？沒關係，那就不要說！」呂老師聽了這樣的答案，微笑地搖搖頭，親切的說：「湘頤，如果哪一天妳想講了，就算畢業了，還是可以回來找我說說話，不要讓某些事，成為妳一輩子的陰影、成為妳的心魔！」

當下，湘頤沒有想太多，只想趕快離開輔導室。

24

湘頤才走出輔導室的諮商室門口，立即又開始胡思亂想，想像班上應該又要發生大事情了，不然輔導室不會插手關心班上這些問題。是不是關於李老師的事，已經傳到輔導室去了？湘頤有點後悔，沒有把自己心裡的困惑全說出來。或許跟呂老師講完，自己可以更自在、更輕鬆一些。

但湘頤沒有勇氣再回諮商室，腳步停頓了一下，卻沒有轉身。

她不知道自己那天昏倒後，班上還發生過什麼事，不然佳妤和昱叡兩人，怎麼會越來越受到同學們的排斥呢？但她的顧慮或許是正確的，從一年級入學到現在，五個學期走過來，這個班級的風風雨雨不少、所發生的事情都不是小學時想像得到的。勇敢舉發李老師的佳妤和昱叡兩人，如今的下場如何？顯而易見的是，他們全都成了班級裡最不受歡迎的邊緣人，沒有人想跟他們說話，甚至連互動都沒有。湘頤可不想變成那樣，明哲保身的方法，應該只有緘默，繼續保持沉默，甚至畢業後什麼話都不要多說。自己來讀國中，是為了念書，是為了升學，不是為了聊八卦。大人常說要「少管閒事」、「有耳無嘴」，班上的雜事一大堆，跟自己一點關係也沒有啊！別管了吧！

「湘頤妳再過來一下！」湘頤已走出諮商室，正要下樓時，被身後的呂老師又叫住了。

「這枝筆送妳！」

呂老師拿出一枝筆端套著小熊玩偶的鉛筆，交給湘頤。那是枝非常可愛的筆，只要把筆稍微搖晃一下，小熊的頭就會開心地左右搖晃。

呂老師拿出筆後，似乎沒有急著要離開，一直站在湘頤身旁，沒有說話，反而像是在等湘頤先開口說話。

「老師，您剛剛怎麼想要問那樣的問題呢？」湘頤忍不住好奇地問：「李老師是不是發生什麼事了！」

「妳長大了！」呂老師像個母親般摸摸湘頤的頭，親切地說：「小女孩長大了，要懂得保護自己。有時候勇敢說出來，也是保護自己、保護同學的一種方法喔！」

走回三年三班教室時，湘頤反覆思索呂老師的話——「勇敢說出來，是保護自己、保護同學的一種方法！」

「真是如此嗎？」湘頤執著地認為：就是要保護自己，才選擇不勇敢，不說出來的啊！不然，從現在到畢業，還有那麼長的一段時間，怎麼在班上生存下去啊？萬一，這一切都是佳妤和昱叡兩人在搞鬼，而李老師是被冤枉的，那我不就害了他嗎？

當湘頤回到教室，馬上有人圍著她問：「發生什麼事了？輔導室的呂老師問了什麼問題？」、「我在補習班聽說，黃昱叡的家長去跟校長說班導師不當管教，也有人說林佳妤的媽媽去教育局告李老師性騷擾。」、「佳妤和昱叡兩人是不是在談戀愛？他們真是不要臉，才國中生耶！」

每回班上有事情發生，同學們各個都像是偵探、也像是記者，所有八卦、小道消息，都可以被他們繪聲繪影，說得煞有介事。好像他們都是當事人，當場看到、聽到一樣。但是詳細的情形為何？沒人能說得清楚，沒人去查證。但整體而言，同學們口中的每種說法，都很一致地把矛頭指向黃昱叡和林佳妤。

湘頤環顧一下教室，此時並沒有發現佳妤和昱叡兩人的身影。

「或許，他們受不了班上把他們視為毒蛇猛獸而躲起來了吧！」湘頤心裡這麼想，對他們感到同情。

「希望班上一切繁雜的事，都能很快平息下來！」湘頤默默地祈禱著。

25

事情似乎沒有如湘頤所願平息下來，反而越演越烈了。

自從湘頤被約談後，呂老師相繼又找了其他同學去諮商室，說是「聊聊天」，但同學們都相當明白，那是在「辦案問話」，其中有男學生，也有女同學。有時班導師也會把曾被叫去輔導室的同學找到走廊上聊一聊，想知道被問了些什麼。甚至，李老師還使用哀兵政策，直接挑明了說：「有家長和其他班的老師忌妒我們班的表現，因為我們班各方面表現都太好、太優秀了，所以有人吃醋了，一定要把我冠上罪名。」

「從你們進來致遠國中的第一天開始，我就把你們當成自己的孩子，偶爾出於關心地摸摸你，那是出於父親的關愛，卻硬被說得很不堪、被說成『騷擾』，我、我也只好認了……」

每當李老師說這些話時，就連湘頤都感動萬分，對自己誤解老師而深感後悔，甚至會跟其他同學一樣，怪罪到佳妤身上，認為她小題大作，故意渲染。

後來，不管是輔導室還是學務處的組長、老師來到班上約談同學，大家都心知肚明，這舉動就是為了「班導師性騷擾學生」、「班導師不當管教」的案子而來。

次數多了，有些同學開始感到厭惡與反感。

「他們那些狗屁組長，到底有完沒完啊？」筱芸終於忍不住了，下課時直接在教室裡開嗆。

「他們不在班上，根本不知道老師對我們如何，只會被那些少數爛人牽著鼻子走！」

除了筱芸，還有一些同學也會附和著說。

湘頤對這個已經同窗六、七年的女孩，越來越不能理解。小學時雖然是玩在一塊的好姊妹，到了

國一時，偶爾還會一起上、放學，但如今她有她的朋友，有她的想法，跟自己距離越來越遠了。雖然在同一個班級裡，卻常常一整天講不到一句話，甚至打掃時碰了面，也不說話。唯一會說的話，大概就是「黃昱叡上課又在睡覺，我登記下來了，喏！這是我登記的單子！」

湘頤不知道，這段友誼什麼時候變質了，彼此能聊的話題，竟然只剩黃昱叡做了什麼壞事、犯了什麼錯？或是班導師多棒、多帥！

說筱芸是李老師的忠實鐵粉，一點也不為過。其他生物、歷史、地理課都沒在聽課的筱芸，唯獨數學課很認真聽。還好課表裡每天都有數學課，讓筱芸有了上學的動力。雖然認真聽課，但她數學還是很爛、很少考及格。為何她會那麼喜歡班導師，湘頤實在想不透，可能是來自單親家庭的筱芸，把李老師當成了自己所欠缺的父親角色吧！因此，只要有人說李老師的壞話，筱芸都會挺身而出，替老師辯駁，她絕不容許有人誣衊自己的偶像。

佳妤曾告訴湘頤，說她曾親眼看到班導師把手放在筱芸的肩膀，還往下滑了下去，背部、腰部，甚至臀部都被「那個男人」摸遍了，筱芸竟然一點也不生氣，還一臉笑嘻嘻的模樣，讓人感到不齒。

湘頤沒有完全相信佳妤所說的，她知道佳妤對班導師已有很深的厭惡感和偏見，否則不會刻意用「那個男人」來形容班導師。而且，在小學時跟自己同樣是筱芸好朋友的佳妤，升上國中後，她們兩人不但關係決裂，甚至是死對頭，互看不順眼很久了，無論湘頤如何居中協調，都是沒有用的。所以，佳妤會說筱芸的壞話，一點也不令人感到意外。

26

說到筱芸對班導李老師的死忠程度，在接下來的那次風波中，可說是一覽無遺。

周三下午美術課才剛下課，輔導室的呂老師先找了一個國一的學弟，跑到教室來轉達說，要找班上的潘麗雯同學去晤談時，引起了不少的騷動。潘麗雯可說是第二次被約談了，所以被班上同學影射她在輔導室那邊「亂講話」、「出賣班導師」。雖然沒有明確的證據可以證實潘麗雯曾經說了些什麼，害李老師被學校注意，但已引起筱芸極度不滿。

那天筱芸不知道哪根筋不對，先是對潘麗雯同學罵了一些不堪入耳的話，像是：「幹嘛要勾引老師啊！」、「不要以為自己身材好，就騷得跟什麼一樣！」

筱芸還阻止潘麗雯去輔導室，怕她又去亂講話。

佳妤實在看不下去，直接站出來數落筱芸，大聲說了：「妳夠了吧！」眼看兩個女同學的紛爭就要爆發，潘麗雯不想惹事，掉頭離開。

可能呂老師等不到潘麗雯前來，就親自到三年三班教室，看看究竟發生什麼事了。

這時候筱芸正巧看到呂老師走上四樓，竟把怒氣轉移到呂老師身上。她直接站在呂老師面前，歇斯底里地要搶走她手裡厚厚的一疊資料，還揚言說什麼：「我們班導是個好人，如果不還李老師清白，我就要從四樓跳下去了。」

這個筱芸可不是嘴巴說說而已，行動派的她還真把一條腿伸到女兒牆上，作勢要跳下去了。還好學校的建築物設計都有安全方面的考量，以筱芸腿的長度來看，根本跨不過去。然而她的舉動，已經引起周遭師生們的緊張，氣氛顯得十分危急。畢竟那麼多人擠在一起，萬一一個不小心，有人掉了下去，那可是人命一條啊！還好，幾經同學和老師的強迫拉扯之下，筱芸被安全地救了下來。而輔導老師也沒有讓筱芸得逞，沒有讓她搶走任何資料。

只是，如此喧鬧的爭執聲，早就吸引眾多學生圍觀，幾乎是四樓所有班級的同學全都擠過來了，大家七嘴八舌的評論。就算筱芸被救下來後，大夥兒還是不願離開，留在走廊想繼續看這場鬧劇！

湘頤原本就置身在這群人之中，完全無法理解筱芸怎麼會做出這樣的舉動，這可是件極為瘋狂又危險的事，一個不小心，就必死無疑啊！難道筱芸她瘋了嗎？湘頤偷偷站在筱芸剛剛要跳下樓的位置，往下看了一眼。

「天啊！原來四樓有這麼高，高到連樓下停放的教職員汽車，看來都像玩具車一樣渺小。跳下去一定會像西瓜落地一樣，被摔得支離破碎、粉身碎骨啊！筱芸哪來的勇氣啊？」湘頤不禁不寒而慄。

這時湘頤在底下的人群中，竟看到了一個熟悉的身影，那是班導李老師。他也夾雜在人群裡頭，像路人甲一樣地看熱鬧。

「他怎麼會在這時候，出現在樓下呢？」

湘頤不懂，班導師在樓下待多久了？他不知道、也不在意樓上自己的班級出大事了嗎？李老師明明知道筱芸最聽他的話了，為何沒有在這危急時刻，出面制止？甚至連上樓來關心一下都沒有，萬一筱芸真的跳下去，怎麼辦？他會難過嗎？難道，李老師一點也不在乎他口中「像自己孩子一樣」的筱芸要跳樓了，完全沒想過要到四樓來關心一下，阻止這一切嗎？

27

在學校裡，好事不一定傳千里，但壞事絕對很快就會傳遍了。致遠國中一向是沒有祕密可言，任何風吹草動都很快就舉「校」皆知。更何況是筱芸為保護老師名譽，自意跳樓這種荒謬又離譜的事，不到一周的時間，就傳得沸沸揚揚了。

而李老師被家長提告的案子，據說已經正式成立，且分案調查。因為碰觸女學生身體，和用球拍戳男生下體，兩件事都算是嚴重的校園性騷擾、不當管教事件。

課堂上，李老師似乎完全不受那些案子影響，依然處之泰然地解說數學公式，一如往常地在黑板上作圖，解幾何題目。依他自己的說法，就是「清者自清」、「邪不勝正」，所以沒什麼好擔心的。

同學中有許多人是「絕對相信」老師的清白，或許有人不信，但也不敢說出來。若要問湘頤心情有沒有受到影響，那絕對是有的，而且影響相當深。每當夜深人靜自己一個人坐在書桌前讀書時，腦子裡總會閃過「自己該不該出面作證」的念頭，畢竟自己確實親眼看到，班導師用球拍戳男生下體這回事。但湘頤總害怕自己出面作證後，將面臨不可知的後果。老師會討厭自己嗎？同學會排斥自己嗎？而李老師強調「清者自清」、「邪不勝正」，是不是代表他真的什麼都沒做，全都是被冤枉的，所以才敢說得如此理直氣壯？

學校還為了這些事，將特別開一場臨時的「親師座談會」，是一場只針對三年三班而開的會議。聽歷史老師說，學校邀請李老師和三年三班的家長們一起出席，就是為了釐清真相，還李老師的清白，還要讓家長明瞭整件事的來龍去脈，避免以訛傳訛，影響了孩子們的學習心情，也怕影響校譽和即將到來的招生。

「這樣說來，李老師真的是清白的囉！」聽了歷史老師的說法，湘頤心裡這麼想著。

不知道是經歷過這些年在三班的「磨練」，還是青春期必然的成長過程。這陣子的湘頤變得相當敏感，聽到任何風吹草動，都會影響自己的想法和判斷。講好聽是心思細膩、考慮周全；說得確切些是容易「疑神疑鬼」、「毫無主見」。所以，當她知道學校要開親師座談會時，就感到事情不單純。要不要讓自己的爸、媽來參加呢？他們來了，會不會對李老師有了不一樣的看法，對自己會有怎樣的影響呢？

湘頤很不喜歡優柔寡斷的自己，思前顧後只會把自己搞得更頭大、更煩躁而已，所以這回她斷然決定，不要讓父母知道自己班上發生的這一切。

就算是自作主張，已決定不讓父母參加這場意外的親師座談會，但湘頤還是沒辦法克制自己不要有太多聯想，而學校每天都有新的說法出現，總讓自己難以判斷。李老師性騷擾事件，會不會真如同學們所言，是佳妤和昱叡，以及潘麗雯這些人在搞鬼。沒錯，李老師他真的不壞啊！當自己生病躺在保健室的時候，也為自己送來了牛奶和蛋糕；課餘時間免費替同學們指導功課；隨時會到班上來關心同學們的狀況……李老師的這些行為，絕對不是刻意要做給人家看，除了自己，根本沒有別人知道他的善良啊！

但湘頤一想到佳妤在被老師傷害後，回到教室哭得那麼傷心，不像是裝模作樣裝出來的；一想到昱叡被那些冷言冷語傷害，甚至小題大作被記過，就覺得李老師是個可怕又可惡的人。特別是佳妤，小學時她跟自己的成績差不多，但是上了國中後，功課卻一落千丈，是不是被老師騷擾而影響了學習的心情呢？

「佳妤，親師座談會時，妳要不要請妳媽媽來學校，把妳的委屈說出來，或許學校會幫妳解決問題！」湘頤建議說。

「當然要啊！那天我一定要找我媽、找報社記者一起來，把那個人骯髒齷齪的事說出來！」佳妤咬牙切齒地說。

28

禮拜五晚上，就是召開親師座談會的日子了。

那天白天，李老師對同學特別好，完全沒有用凶狠的口氣罵人。也不知道是有心還是無意，李老師還在課堂上有感而發地說：「有些人功課差，讀書沒有指望，所以整天就胡思亂想，想像自己被人陷害，老師要害他、同學要害他。這種人最要不得。自己考不上好學校，就不希望別人考上好學校，最好把大家都拖下水，見不得別人好，害大家都一事無成的那種人，我們一定要唾棄他。」

班導師說這些話時，雖沒有指名道姓，但全班同學全都看著佳好和昱叡，很明顯知道老師所指的是誰！湘頤想：自己會不會因佳好的片面之詞而誤會李老師了呢？不然，怎麼會跟多數人的看法不一樣呢？若是自己出面亂指控，會不會對班導師產生傷害，那麼，自己才是最不應該的加害人了。

那場座談會湘頤的家人當然沒有參加，因為她根本沒有告訴媽媽學校有開這個會議，她不想把事情搞得更複雜，若是讓媽媽知道班上發生的這些事，以媽媽嫉惡如仇的個性，有可能會去學校追根究柢，把事情掀開，如此一來，自己在班上就更難做人了。

但湘頤雙腳還是抵不過自己的好奇心，親師座談會那天，還是想到現場聽聽那些大人們都在說些什麼。特別是佳好的媽媽要來，看來事情會鬧得很大。所以，湘頤騙媽媽說要去學校晚自修，自己一個人悄悄地溜到學校去。

當然，除了家長外，三年三班學生並沒有列在這次座談會的邀請名單中，所以湘頤只能偷偷躲在教室外。這行為她之前已經做過兩次了，在窗戶外要怎麼躲、怎麼偷窺而不被發現，對湘頤而言已是駕輕就熟，沒有難度。

湘頤第一次在非上課時間的夜晚時刻來到學校，她從不知道校園入夜後會是這模樣：教室外的操場十分寧靜，與白天有許多同學打球、奔跑的情景很不一樣。校園水池附近碧綠的樹林，在夜裡黑壓壓一片，像是住了惡魔的黑森林，有著詭異的氣氛。

「時間過得真快啊！操場還是一樣！」湘頤看著同一片操場，再一次想起國一剛進這個班級不久，就因掃地問題而被李老師狠狠地罵了一番。就在這個操場旁，那天坐在石椅上的自己，還曾許了幾個願望，幾乎都沒有達成，連最簡單的「快樂」心願，也跟自己越離越遠了。在李老師的班級裡，幾乎沒有一天是快樂、平靜的！

圓月高高掛在天邊，福利社旁的大榕樹在月光的照耀之下，迎光面有些蒼白，背光處則是漆黑一片，顯得恐怖異常。要不是為了偷聽親師座談會的內容，湘頤真想立刻跑離這裡，躲回自己的房間。但她不知道哪來的勇氣，決定要克服害怕，勇敢留下來，因為今晚的這一場座談會，很可能會讓是非黑白、誰對誰錯，種種疑點全都一起看清。

還好，在暗夜裡等待的時間並不長。站在操場角落等待的湘頤，不一會兒就看到自己教室裡的燈光亮了起來。此時，整排「勤學樓」都是黑壓壓一片，只有四樓一間教室亮起了燈光，顯得很特別。就像李老師帶領的這個班級，在學校裡也是最特別的，毀譽都有。

上了四樓後，原本躲在走廊柱子後的湘頤，又躡手躡腳地溜到教室後方的窗戶外，蹲低了身子，趴在窗台上看教室內的所有動態。這個角度極佳，既看得清楚，也能仔細觀察到教室裡所有人的一舉一動，且剛好有條長長的綠色窗簾垂下，正巧擋住了她的臉，應該不容易被人發現。

這晚，躲在簾後的湘頤，親眼目睹了這一場座談會：

李老師手上並沒有拿任何書面資料、也沒有準備什麼電腦簡報之類的檔案，穿了件白襯衫、淺咖啡色的長褲，頭髮梳得整齊俐落，比平時在學校看到的他更溫文儒雅，很紳士地走進教室。

李老師準時在七點整踏進教室，先環顧一下四周，眉頭微微皺了一下，緩緩地站上講台，抿著嘴、輕輕搖著頭，似乎有千萬委屈。

湘頤詳細審視了全班兩、三次，卻都沒有發現佳妤的母親，也沒有任何記者前來。

「難道佳妤說的事全都是假的，所以不敢來了呢？」湘頤心裡默默地說著。

29

「感謝各位家長今天的蒞臨，關於我的帶班風格，在這個學校已行之多年，大家都很清楚，或許，我是嚴厲了一些，對一些不學習的孩子，或許有些壓力，但這都是為了學生好、為了孩子的將來。我相信『教不嚴、師之惰』……」李老師一開始的說明不算長，但說得很有道理，讓躲在窗外的湘頤十分感動、佩服。

「我不預設立場，所以真的不清楚是哪個孩子對我惡意地抹黑……不，我絕對相信善良的他們不是要抹黑我，而是一些青少年的情緒無法發洩，不小心把自己的幻想，誤認為真實，而告訴了家長您……」李老師繼續用很有磁性的聲音，說出這陣子的心情：「我把這個班級裡的每個孩子，都當成了自己的兒子、女兒。相信在座的爸爸、媽媽也都跟我一樣，不會在意孩子對我們做了什麼不禮貌的事。因為，他們都是不懂事的孩子啊！我現在在乎的是，學務處、輔導室這些所謂的上級單位，是不是打擾了我最親愛的孩子們，是不是影響了他們準備會考的心情……」

李老師說這些話時，有些哽咽，用接近哭腔的方式，一字一句慢慢地說出來，似乎努力將自己被冤枉的情緒壓抑下來。而這一番話，輕易地感動了不少媽媽們，許多家長點頭如搗蒜，既認同又同情。

「啊～你到底有沒有用球拍去戳我兒子的下體啦！你是變態嗎？」

就在教室內一片溫馨祥和的氣氛下，一個中年男子站了起來，打斷了班導師感性的說明。瞬間，整間教室沉靜了下來，全都等著聽李老師怎麼回應這棘手的問題。連在教室外的湘頤也屏氣凝神，想知道班導的說法是什麼？到底是自己看錯，還是真有其事？

「我必須承認，那天我的球拍真的有碰到昱叡同學的身體。」

李老師沒有閃躲，不疾不徐地說，而剛剛那個可能是黃昱叡爸爸的中年男子，這時已捺不住性子而破口大罵：「這樣就對了嘛！你自己都承認了，那還要說什麼？解釋些什麼呢？」

他話一說完，全場一片譁然。

李老師並沒有被反駁而生氣，反而等場面安靜下來後又繼續說：「沒錯，那是我的疏忽，球拍原本擺放在我的辦公桌上，握把處超出了桌面許多。我正跟昱叡說，像他這麼帥氣的男孩，以後不怕交不到女朋友，但現在還有升學考試，可以先暫緩一下交女友這件事。」李老師潤潤喉，顯得非常難過地說：「那時候，剛好有位老師要從我身後的走道經過，我要昱叡前進一些，好留些空間讓那位老師走。因為昱叡前進了一大步，球拍就觸碰到了他的身體，而桌子的高度，剛好讓球拍打到身材高壯的昱叡的那個部位。當下，我也嚇了一跳。整個事情的經過就是這樣。」

李老師極自然且順暢地把話說完，在場的媽媽們又跟剛剛一樣，點頭如搗蒜。

「對啦！這時期的孩子就是處在叛逆期，總是會比較敏感啦！」

「是啊！這時候的男生都這樣，像我兒子連我給他摺內褲都不要耶！」

「青春期的孩子，不管男生還是女生，都對會身體某些部位特別在意啦！」

班導師說完，馬上有媽媽出面力挺、幫腔。歐巴桑們七嘴八舌地談論著，一場要說明老師是否性騷擾的親師座談會，竟成了婆媽們的育兒經分享會。

躲在教室外的湘頤，聽了這些內容，更加確定是自己冤枉了班導師，如果李老師真是如此惡劣，怎麼會有這麼多的家長稱許他呢？

「有這麼好的老師，我們的孩子都很幸福。但，我們是不是請某些身在福中不知福的同學轉班或轉學，免得他把我們的孩子給帶壞了！」一位媽媽提出意見，很明顯是站在導師這一方，要幫李老師出一口氣。

而佳好的事，由於她母親沒有出現，也就沒有被提及，甚至可以說，多數人並不關心佳好被騷擾的事。看到家長們如此支持班導師，讓湘頤毫不猶豫地確認李老師是個好人、好老師，所有的誣衊、指控都是因為那些不願意學習的同學，無法承受課業壓力，才有的脫序行為和報復行動。

接著，教室裡發出一連串鼓譟的聲音。剛剛發言的那個中年男子，也就是黃昱叡的家長，竟成了過街老鼠，隨即低著頭快速地從後門離開教室，而室內「轉班！轉學！」的抗議聲依然不絕於耳。

30

不知道校園性平案件審理是不是需要很冗長的時間，還是不會公布給大眾知道。李老師的案子最後怎樣了，湘頤並不清楚，也沒聽說，或許不了了之了吧！反正也沒有同學去關心這議題了。

時間很快進入三年級下學期，距離攸關升學的「全國大會考」，已剩不到幾天。經過上次親師座談會後，三年三班總算平靜了下來。潘麗雯一樣受到李老師特別的疼愛。而佳妤和昱叡並沒有轉學或轉班，只是在這個班級裡，更像局外人了。佳妤老是魂不守舍地發呆，而昱叡總是抓住任何時間離開教室，跑去籃球場打球。班上同學也不太想理會他們兩人了，特別是李老師，也不像過去那般，事事針對他們，甚至連他們的作業沒寫、聯絡簿沒交，也刻意不提醒，完全忽略了佳妤和昱叡有在三年三班存在的事實。

筱芸一如往昔，每天用愛慕的眼光看著班導師。一到下課時間，便喜孜孜地往辦公室跑，想跟班導師多聊聊天。而她的手段，當然是想盡辦法找同學們的毛病，好在李老師面前打小報告，討他的歡心。

而湘頤更加封閉自己了，已不在乎是否有「朋友」，是不是還有「對愛情的渴望」這些事了。依然繼續當班長的她，把自己侷限在課業裡，不斷地寫參考書試題、考卷，不停地背英文單字、算數學、牢記化學式，能不和同學講話，就不和同學講話。還好，這一切行為都可以用「專心讀書」

四個字來偽裝，沒有人注意到她自閉的行為更嚴重了，也可以說沒人在乎湘頤為何變得如此沉默？

當然，努力一定會有代價的。更何況湘頤功課原本就很好，加上後面這段時間努力衝刺，考出好成績是理所當然的。湘頤正如許多師長所預期的，考了五個A和兩個十，作文也獲得了滿分六級分。想要進入第一志願女中，應該沒有問題。這樣的表現在致遠國中歷年來的女學生中，應該是破紀錄的。過去，雖然有幾位考上第一志願的男孩子，但從沒有女學生有過如此優異的表現。

班導李老師再一次被印證了「教導有方」，「致遠王牌」的殊榮再次加冕在他身上。畢業前那幾周，李老師每天都笑得合不攏嘴，隨時都有人來向他道賀、隨時都有人送花到他的座位。一盒盒的禮物和一束束的鮮花，擺滿了李老師的辦公桌，比別的老師桌上更顯得喜氣洋洋。

筱芸雖然只考上了一所名不見經傳的私立高職，但仍用她為數不多的存款，買了一束鮮紅的玫瑰花束，附上一張精緻的感謝卡，親手送給了班導師。只是，那束花被老師擺在座位旁最不顯眼的地方，幾朵玫瑰被其他花盆壓得歪歪斜斜的，幾乎都要謝掉了。

「妳一定要好好地感謝李老師喔！」媽媽提醒著湘頣。

湘頣困惑地說：「喔！」

「青春是一段跌跌撞撞的成長歷程，若是遇到風暴，更需要有人牽扶。」不明就裡的媽媽，還安慰湘頣說：「在家，妳可以牽著我的手；在學校，牽妳的就是李老師了！」

其實，湘頣面臨最大的風暴來源就是李老師了，只是她沒有跟媽媽講過自己的心情。沒有跟媽媽提過，世上最不想碰觸的人就是李老師了，一點也不稀罕他牽自己的手呢！

她不知道自己如果沒有在李老師的班上，是不是一樣能考出這樣的好成績？但她很確定的是，如果沒有在李老師的班上，自己的國中生活，一定會比現在更快樂、更加自在些。

31

畢業典禮前幾天，湘頤可說是非常忙碌的。因為校長、教務處、家長會甚至區公所，來要求拍照的次數不少，自己幾乎沒有時間留在教室裡，好好地跟同學們聊天、寫畢業紀念冊上的留言。有女學生以幾乎滿分的好成績考上第一志願，在市區學校或許沒什麼了不起，但在這偏遠的學校來說，確實是件大事，了不起的喜訊。有人前來道賀、錦上添花是理所當然的。但這對不喜歡，也不常拍照的湘頤來說，這些舉動令她感到相當不自在。她總認為自己不夠漂亮，表情也不夠豐富，擺什麼姿勢、嘴巴要笑多開，根本不會拿捏。迫於無奈卻也只能任由大人擺佈。其中不乏跟校長、跟主任和李老師的合照。

學校還為此給她一套全新制服，穿起來相當筆挺，顏色也很鮮豔。而美術老師還特別幫湘頤梳頭髮、夾上一個精緻的髮夾，只差沒有化妝罷了。

無論是雙手拿著耀眼的成績單、單手拿著氣球裝可愛，還是拿著花束扮成美少女，在校園每個角落拍照，湘頤全都配合演出，像大明星般備受禮遇。教務主任還說，這些照片都可以拿來當作招生廣告用呢！

「來，笑一個！」

湘頤正要勉強自己，擠出笑容拍照時。冷不防背後有一隻手，正從自己的肩膀慢慢往下滑了下去，接著，背部、腰部，甚至臀部都被摸遍了。

進入青春期後，第一次被人在身上胡亂撫摸的湘頤，驚恐不已，反射性地轉頭過去看了一眼，原來這隻手，就是之前佳妤曾生氣地稱為「那個男人」的手。沒錯，那是班導李老師的手。這時，那隻手還放在自己的屁股上，手指還有些小動作。湘頤不像筱芸一樣一點也不生氣，她真的很生氣，但更多的情緒是惶恐。這瞬間腦子全空白了，完全不知所措。喉嚨像是被顆大石頭卡住了，連大聲叫都叫不出來，只能無奈地像隻蝦子般彈了出去。

「妳站得太前面了，會擋住老師的臉喔！」拍照的人好心提醒湘頤。

「湘頤妳比較喜歡拍特寫喔！等一下再幫妳拍幾張特寫鏡頭好了！」主任自以為幽默，開玩笑地說，完全沒有注意到湘頤神色慌張的模樣，當然也不知道她發生了什麼事。

這時，李老師竟然還若無其事地笑著，甚至試圖用手拉住湘頤的衣領，要將她往後拉，想拉到自己身邊合照。但她說什麼也不願意回到班導師身邊，看到李老師的人，想到他的行為，就覺得噁心、不舒服。湘頤寧願站在被同學戲稱為豬爸爸的朱校長身邊拍照，也不願意再跟李老師靠太近。

湘頤想起佳妤曾經從辦公室回到教室後，哭得極為傷心的那次，那時，她說自己被李老師亂摸的事，應該是真的。她當下的心情，現在湘頤也體會到了。過去，自己曾經那麼多次告訴自己，李老師不是那種人，不可能對學生做出不禮貌的行為，不可能是佳妤口中所說的「色狼」！原來自己是錯的，原來自己誤會佳妤了。

湘頤正要開口說：「李老師剛剛……」

但周遭的氣氛是歡樂的，攝影師、校長、家長會長、主任們正興沖沖地談論著李老師的豐功偉業，根本沒有人在意湘頤要說什麼。雖然她才是這次拍照的主角，但師長們聊的確是「今年的招生應該沒有問題了吧！」

32

「妳怎麼會在『畢業生致詞』稿中寫到：希望學弟、學妹們要懂得保護自己，不要讓別人輕易地碰觸你的身體，不管他是不是老師，是不是你的班導……」

指導湘頤撰稿的國文科鄭老師皺著眉頭，糾正地說：「怎麼會有人在畢業生致詞的稿子裡寫這樣的東西啊！妳要說的，應該是在學校三年，妳最想說的話，應該是感性的抒情文，不是勸世文啊！妳的作文不是拿了滿分六級分，怎麼會分不清場合，寫出這樣的內容呢！妳應該寫……」

畢業典禮上，湘頤被選為畢業生致詞的代表，這份榮耀對她來說，實至名歸。她不但是全校第一名畢業，也是致遠國中唯一作文滿分的優秀學生。而且，三年前小學畢業時，湘頤也曾擔任過這樣的職務。那時，她也是自己寫稿，致詞的效果大獲好評。而兩次的差異性，應該是「心情」大不同：小學時真的是離情依依，對要與師長分開，相當不捨；而現在，卻是恨不得能馬上逃離這個環境，能離致遠國中、離開李老師有多遠，就離多遠。

雖說致詞的稿子照例是由演說的同學自己寫，但她這篇文章，已被國文老師修改得體無完膚，幾乎成了鄭老師的作品，傳統八股式的文章，完全喪失了她的本意。

湘頤原本所寫的那些，才是自己最想跟學弟妹說的話，也是最重要的話！她原本想爭辯，但鄭老師十分堅持，決定妥協的湘頤，最後還是依照國文老師的要求修改了。反正來到致遠國中三年，何時可以自己作主？什麼時候可以自己想怎樣就怎樣？什麼時候可以想說什麼就說什麼？從入學編班、當班長、拍照，到朗讀畢業生致詞，全都是大人安排好的。湘頤還清楚記得，李老師在第一堂數學課就曾恐嚇同學說：「學生和軍人是不配談自由的！」

如果國中三年可以重新來過，自己會怎麼做？湘頤自己也不知道，因為她根本不知道該如何安排自己的生活，只會做個循規蹈矩的好學生啊！

升學會考結束到畢業典禮前只有短短的三周時間，卻是國中最自在的時刻。沒了課業壓力，連天空都顯得蔚藍無比，心情原本應該像初夏的微風，那般的輕盈自在。但湘頤被拍照那天可怕的經驗，嚇得不想再看到李老師一眼。她想把對這個人的所有印象都從自己的記憶裡刪除，不要留下任何陰影。

湘頤請媽媽幫自己請假到畢業典禮前一天，好好調適自己的心情。希望自己的國中生涯能在明天做個了斷，只要畢業典禮一結束，就能走出李老師帶給自己陰霾。

但是，請假期間無論是騎腳踏車，到田間看大片綠色的稻浪，到魚塭看水面的粼粼波光，甚至躺在山丘上，仰望無垠的藍天，卻都無法抹去心裡的陰影、被李老師摸遍身體的恐懼感，就連風吹拂到自己的背部，都讓湘頤不自覺地聯想到有一隻手，正摸透自己的身體，從肩而腰，然後繼續往下延伸。當風從正面吹過來時，原本該是舒服的感受全沒有，湘頤也是覺得像是有一隻手，正從自己的腰部往上撫摸，然後繼續延伸至胸部。

這些恐怖的經驗，像是橡皮糖一樣，一直霸佔著自己的腦子，怎麼甩也甩不掉。湘頤覺得自己是個骯髒的女孩，往後的日子，再也無法面對任何男孩，無法像正常的女孩子一樣，自由自在地活著了。

33

畢業典禮當天，大禮堂被布置得富麗堂皇，彩帶、彩球，還有些勉勵性的標語被貼在天花板和牆壁上，把這空間妝點得十分隆重又喜氣。還播放著輕音樂，淡淡的哀傷氣氛，湘頤卻一點也沒有參加畢業典禮該有的情緒，那種既愉快又感傷的心情。

已有多次公開演講經驗的湘頤，一點也不怯場。站在舞台後面等待時，甚至想：待會兒致詞時，在大庭廣眾之下，可以把李老師的惡行給揭露出來。但想歸想，她還是沒有勇氣做出這樣駭人的事來。一直是乖乖牌的她，最後還是依照排演時要求，當個稱職的致詞者。

典禮進行得很順利，輪到畢業生致詞時，湘頤在講台上感性地唸出鄭老師修改過的稿子，把畢業生致詞表現得恰如其分。其中幾句也確實做出了符合老師的需求，如「停頓」、「哽咽」的戲劇效果。經由經驗老到的國文老師精準算計，整場「演出」倒也真的啟動了多數畢業生的「哭穴」，讓許多國三同學直接在典禮會場裡哭了起來。

在唸致答詞時，湘頤刻意往台下看，眼光搜尋三年三班同學的身影。看著同班同學，一些過往的回憶，一下子湧上心頭：

三年前同樣是一場畢業典禮上，湘頤的好姊妹筱芸和佳妤也像今天這般，坐在小學的禮堂裡。小學禮堂的空間並不大，甚至還有些老舊，但不到五十人的在校生和畢業生，卻把整間禮堂搞得鬧哄哄的，童稚的笑聲不斷、十分溫馨。典禮的細節如何，湘頤沒有記得很清楚，但她絕對忘不了，那時一首畢業歌還沒唱完，許多人都已哭成淚人兒，還相互擁抱。

而現在，經過了三年，佳妤長得更漂亮了，身材高䠷、面貌姣好，是三人中最有女人味的，身上卻像是放了顆臭蛋似的，沒有人想靠近她。她跟潘麗文同學一樣，兩人都是獨自坐在角落，呆呆地看著自己的腳，不知道在想些什麼。而筱芸還是跟過去一樣，儘管長高了不少，卻一樣是矮胖身材，笑容滿面，跟大夥兒有說有笑，還不時擠到李老師身邊，高舉手機，不停地跟班導師拍合照。

曾經要好的三姊妹，其中兩人已像是陌生人一樣，座位離得遠遠的，彼此沒有交談、沒有互看、完全沒有交集。湘頤不知道，如果此時自己沒有站在舞台上擔任畢業生致詞的職務，而是跟她們一樣坐在班上，將會是怎樣的狀況，要跟誰坐？要跟她們聊些什麼？還能聊什麼呢？

當然，放眼望去，三年三班還是最為熱絡的班級，比其他畢業班有著更強的向心力。在會場裡哭泣的畢業生，也是三年三班的同學最多。湘頤暗自在心底偷笑，這些人在哭什麼呢？真的是因為捨不得李老師嗎？還是為了能夠逃離魔掌，才喜極而泣？

李老師像尊偉大的神明般被簇擁著，他的座位四周，早已圍滿了花束和禮物。此時的他，正恣意地享受著當「名師」的榮耀與讚美。

當湘頤的致詞告一個段落時，會場燈光暗了下來，這是學校特意為畢業生與老師營造的溫馨、感性時刻。畢業生可以更近距離地親近自己的導師，可以在這氣氛之下，跟老師說出這三年來的感恩心情，表達出這些日子以來不敢說出口的話。

燈光雖然有些昏暗，但此時的湘頤居高臨下，仍可清清楚楚地看到班導李老師的手，又跟上回一樣，正從一位漂亮女學生的肩膀慢慢往下滑了下去，接著，背部、腰部，甚至臀部全都摸遍了，又有一個女學生受害了。

34

湘頤以為自己上了高中，國中時的不愉快，全都可以忘得一乾二淨、全都可以船過水無痕，不留任何遺憾，可以重新來過、可以迎接嶄新的生活。但是，她錯了，國中時因李老師而造成的那些印記，像是惡魔般，偶爾還是會冒出頭來。在她睡覺前、深夜讀書的時候，甚至搭公車、等捷運的時刻，總是不經意，一次又一次地侵襲自己的腦子，持續帶來恐懼。

「畢業後，還是要時常回來學校走走，傳授學弟、學妹們如何讀書的技巧，如何才能跟妳一樣考上第一志願喔！」

畢業典禮時，湘頤記得校長親口跟自己說了這些話。

但畢業至今三個多月了，她不但從沒回去過，甚至連上學時都刻意不再經過致遠國中，就算繞道而行會稍微遠一些，她還是寧可繞路而走。湘頤也害怕跟國中的同學聯絡，若再跟佳妤、筱芸她們說話、見面，會不會把那些不堪、難過、恐懼的過往全都再一次掀開呢？

湘頤認為自己應該是生病了，而這種莫名恐懼，不由自主害怕的病，是要去看心理醫師吧！還是要看精神科？自己會不會因此而變成神經病呢？

湘頤有時候會想：如果去揭穿李老師的惡行，會有人相信嗎？如果不敢勇於揭發，致遠國中的學弟、學妹一定還會有人受害，這不印證了愛因斯坦說的「沉默是幫凶」。但有時候卻又會想：幹嘛繼續糾結在李老師的事情上，長此以往，自己一定會更加胡思亂想，再也走不出陰霾，最後可能會瘋掉，這太不值得了吧！

過幾天就是教師節了，看著同學興高采烈地討論著要回去母校，跟國中老師聊聊上了高中有多愉快、要跟以前的導師說說同學間的八卦、要跟以往的任課老師討論過去做了什麼糗事、發生過什麼丟臉的事，一起回味運動會、露營、畢業旅行時，與班上同學們一起打鬧、開玩笑的種種回憶。同學們的這些話題讓湘頤好羨慕，她好希望自己跟其他人一樣，可以將國中三年終日提心吊膽的日子，轉成滿滿的愉快時光，可以把老師當朋友，而不是懼怕的對象。

教師節前夕那個晚上，湘頤在書房裡讀書、寫筆記時，突然找不到立可帶，於是在自己書桌的抽屜裡亂翻，無意間竟發現了國中時，輔導室呂老師給的禮物，那枝在筆頭附有小熊玩偶的筆。

湘頤將它取出來，拿在手中把玩，凝視著筆頭的小熊，隨著手部輕輕晃動就會跟著左搖右晃，還有小熊彎成半圓形的嘴角，正笑得十分開心。

「如果哪一天妳想講了，就算已經畢業了，還是可以回來找我說說話，不要讓某些事，成為妳一輩子的陰影、成為妳的心魔！」

湘頤看著呂老師給自己這枝筆的同時，也想起了她曾經說過的這段話。呂老師承諾自己隨時都願意當個聆聽者，包含畢業後的日子。難道，當時的呂老師就已經知道，自己會被李老師騷擾的事困擾許久，所以預留了伏筆，給自己留了這樣的機會？

湘頤決定在教師節那天回去致遠國中，不是去看李老師，而是去輔導室走走，坦然、誠實地說出一切。希望跟呂老師敞開心胸地聊過以後，可以把自己這兩、三年來的心結打開，期望自己曾經面臨過的風暴，就此打住、平息，未來的生活，將可以雨過天青、晴空萬里。

「有些話、有些事硬留在心底，如果無法消失，有可能發酵，變酸、

變臭喔！」

湘頤看著鏡子裡的自己，又想起媽媽曾告訴自己的這一番話。

「我的青春，可不想被李老師影響，而變酸、變臭！」湘頤如此告訴自己，期勉自己。

陪伴受傷的孩子，找到生命的亮光（導讀與教戰守則）

嚴淑女

二〇一九年「金鼎獎特別貢獻獎」頒給一直積極創作社會議題和捍衛兒童權益圖書的童書作家幸佳慧，她留下生命中最後一本探討兒童性侵防治議題的繪本《蝴蝶朵朵》。她點燃的一把火，讓進入全台校園的民間故事志工團體，一直到教育部培訓講師防制兒童性侵的推動，再次重視實施性教育與防治概念的重要。

這本情境式的繪本，細膩敘說孩子心理的傷，讓讀者融入情境中，感受每個角色的心理狀態，喚起周邊成人的主動關懷，協助成人面對孩子遇到性事件時，必須具備的知識、態度和能力。

幸佳慧在受訪時提到：「每個人都有受傷的經驗，如何為孩子帶來希望，如何為他們找到光亮，是身為創作者的責任。」

這句話深深觸動我。因為只要傷害造成，都會在孩子內心烙下一道深深的傷痕，甚至影響他們未來的人生、兩性和婚姻關係。而大人面對事發時驚嚇、無力、不知如何處理或無法與威權抗衡的孩子，必須小心呵護與照料他們受傷的心，並教他們處理傷痛。

以下我將從《那些年，曾有場風暴來襲》的故事情境，深入剖析處於青春期的國中資優生湘頤，面臨升學的身心壓力、畏懼校園名師的威權和「性騷擾」「性霸凌」事件、萌發的愛情、友情的變質，她一路走來的心路歷程，並提供大人帶領孩子閱讀該書時如何提取訊息，了解孩子身心反應，進行深度討論，情境模擬，進而幫孩子理出在生活中預防被傷害和保護受害者的方法。

一、威權下的校園性騷擾和性霸凌

「教師和學生、成人和兒童都是權勢關係。」在校園中常見的教師或成人性騷擾、性霸凌或性侵害學生，都是屬於權勢侵犯。他們通常利用地位、職位或輩分，以誘騙、恐嚇、虛假的愛，讓學生陷入圈套。

因為學生對老師通常都非常尊敬和信任，覺得老師做任何事都是為自己好，甚至情竇初開的孩子，會對老師產生愛慕。他們有時也分不清楚這是什麼關係，陷入矛盾、懷疑和混亂的內心糾結。

通常被老師性騷擾或性霸凌的學生反應不一。有些當下反應是呆掉，不知道怎麼辦；有些會逃跑或反抗。事後不管採取行動控訴或其他行為，他們的情緒、生活和學習都會受到影響，若無人輔導紓解，或受害者因為說出老師罪刑而被誤會說謊、汙衊老師，就可能因為被同學排擠而沉默、封閉自己，甚至產生學習低落的情況。

因為書中透過主角湘頤大量的內心獨白和不斷推進的情節，詳細述說事件的始末與事件關係人的反應、結果和變化。成人挑選本書和孩子共讀之後，可以先讓學生了解發生什麼事？從書中描述不同被害學生／周遭同學的反應和身心狀態或變化，理解角色的心情，之後才能進行深入討論和情境模擬。

（一）採取行動型（佳妤、黃昱叡）

湘頤的好朋友佳妤被導師李老師利用課業不佳，在無人注意的辦公室「捏腰酷刑」處罰學生時，趁機摸臀、摸胸（肢體騷擾），又說「要多吃點青木瓜，不然會長不大喔！」（言語騷擾）。震驚又屈辱的佳妤，回教室趴著哭，渾身顫抖。當湘頤要幫她揉腰時，她歇斯底里地大叫：「不要碰我！」（害怕肢體接觸）。她對湘頤述說李老師的惡行，憤恨地說：「那個禽獸！畢業後我一定要殺了他！」

面對性騷擾，佳好屬於會採取行動的類型。首先，她和同為受害者的潘麗雯成為朋友，確認不止她受害。她兩次帶湘頤躲在辦公室外偷看，要證明李老師不僅性騷擾潘麗雯，還用羽球拍戳班上男同學黃昱叡的下體（性霸凌），希望湘頤一起指認李老師。她又請媽媽狀告教育部，讓學校介入調查，甚至要在親師座談會讓媽媽和記者來揭發此事，她也告訴輔導老師詳情。

她勇敢舉發的結果，卻因湘頤太害怕不願指認，證據不足，加上李老師的哀兵政策和說詞，讓升學掛帥的家長相信他被壞學生汙衊，而讓名師全身而退。書中佳妤媽媽和記者未現身親師會，也暗喻是否有其他權勢的介入而不了了之？

一個原本活潑開朗的少女，因為傷痕累累，被同學排擠，沒有得到支持系統的協助而封閉自己，成績一落千丈，從此噤聲，成為班上的邊緣人。

另一個體育好的陽光男孩黃昱叡，因為學業成績不佳，加上李老師的「全班皆間諜、全班皆監視器」的「榮譽單」制度，讓他成為李老師體罰、言語霸凌（老鼠屎、壞份子）的對象，也成為拉低班級分數的全班公敵，動輒得咎。

黃昱叡不滿李老師的謾罵行徑，出聲為湘頤解圍，卻受到李老師丟課本、丟板擦，拉到訓導處。爸爸讓他帶錄音筆錄下李老師的言語霸凌等行為，又被李老師言語煽動同學一起仇視和集體霸凌。

一直到他受不了李老師用球拍戳他下體的羞辱而反抗被壓制在地；學校啟動性騷擾事件調查，為他發聲的爸爸卻因家長群被李老師說服，認為黃昱叡是課業不佳，汙衊老師蓄意報復。敵不過眾人抗議聲浪的爸爸只能從後門離開，也讓這場仗無疾而終。

採取行動的佳妤和黃昱叡，因為正義未得伸張，封閉自己，徹底成為班上的邊緣人。

（二）沉默型（潘麗雯）

同為受害者，功課不好卻因為貌美又身材姣好的新住民潘麗雯，得到李老師偏愛，經常摟肩或被叫到辦公室特別指導，引起同學忌妒和排擠。她只能私底下和同為受害者的佳妤成為好朋友。當她被輔導老師約談後，她被班上同學說：「亂講話」「出賣班導師」。愛慕李老師的筱芸辱罵「幹嘛要勾引老師啊！」「不要以為自己身材好，就騷包得跟什麼一樣！」（言語霸凌）。安靜、不愛說話也不想惹事的她，掉頭離開。她越來越沉默，成為班上的邊緣人。

之後，湘頤描述「潘麗雯一樣受到李老師特別的疼愛」。這句話令人擔憂。沉默或沒有成人保護的背後，潘麗雯是否被持續地傷害，甚至從性騷擾演變成性侵害？雖不得而知，卻令人擔心在權力不平等、價值觀歪斜的環境中，李老師這樣的惡人，在社會不健全的種種體制協助之下肆無忌憚地行惡，狼師在校園，持續有更多受害者。

潘麗雯是否會像《房思琪的初戀樂園》的林奕含，因為體制扭曲一個小女孩的心理，也扭曲她的人生？沉默也是一種求救訊號，需要成人及時伸出援手，才不會有更多的受害者。

（三）內心糾結的旁觀者（湘頤）

通篇故事以資優生湘頤的視角，大量的內心獨白去描繪一個知道、看到同學被性騷擾或性霸凌的孩子，因為太害怕自己也受到老師的責難，受到同學的排擠，寧可在內心不斷告訴自己「不可能！」「少管閒事！」想明哲保身的她，不斷說服自己錯怪李老師了，也不敢接近李老師討厭、全班公敵的佳妤和黃昱叡。

但是，湘頤因為害怕，雖然知道真相，卻不敢公開聲援佳妤。看到昔日好友佳妤，暗戀對象黃昱叡，因為性事件而受傷。敵不過良心的譴責，內心來回糾結的她，承受好大的壓力，頻做噩夢。她疏遠同學，封閉自己，在專心讀書的偽裝中，逃避現實的生活。

面對媽媽的關心，輔導老師的詢問，她只能沉默以對。

湘頤就是典型的旁觀者。旁觀者會一直找理由說服自己不要介入麻煩事，假裝沒看到，或是和群眾一起孤立邊緣人，這樣的行徑等同霸凌受害者。而大家「假裝沒看到」或不說，只會讓加害者更肆無忌憚，讓更多人受害。

原想一直做旁觀者的湘頤，當她考上第一志願，全校歡騰，印證李老師「教導有方！」「致遠王牌！」記者要她和大家拍照時，也被李老師伸出的狼爪摸遍了！瞬間腦子空白，叫不出聲，讓她終於感受佳妤的痛苦，誤會好友，讓她懊悔不已。她曾想在畢業生致詞提醒學弟妹小心狼爪，卻無疾而終。

之後，恐怖的經驗纏繞著她，她覺得自己是骯髒的女孩，無法面對任何男孩，無法正常地生活。即使畢業遠離李老師，進入高中，這樣的烏雲依然籠罩著她，讓她看到男老師、數學科老師，都會厭惡和排斥感。

這樣的情緒風暴，一直到畢業後的湘頤看到呂老師送給她的筆，她想回輔導室誠實說出一切，勇敢面對曾有過的風暴，因為她終於明白不能讓自己的青春和生命被惡人影響而毀壞。

二、透過閱讀，為孩子提供創傷修復之路

經過詳細閱讀不同角色的反應和內心想法之後，**成人可以設計提問，從預防、面對和復原三大方向**，與孩子進行深度討論，提供情境模擬和應對方法。

《十三歲後，我不再是我：從逃避到挺身，性侵受害者的創傷修復之路》提供《性暴力受害者復原指南》，幫助受害者人生往前走的必備知識和資訊。其中六個問題可轉化應用在本書性騷擾的案例中。

1.「我發生了什麼事？」——理解性騷擾、性霸凌、性侵害

2.「我為什麼會變成這樣？」——性騷擾的影響與復原

3.「什麼是性創傷？」——意識到自己的界線

4.「為何旁人無法理解？」——親人的痛苦與必要支援

5.「你為什麼這麼做？」——如何面對性騷擾加害者

6.「怎麼做才能療傷？」——復原的關鍵在於自己

以下將用這六個問題，對應本書中的情境，進行案例解析、從情境模擬中找出應對方法。

・案例解析：

故事中的佳妤、潘麗雯、湘頤（受到李老師性騷擾）；黃昱叡（受到李老師性霸凌）。先讓孩子明白什麼是性騷擾？「以明示或暗示之方式，從事不受歡迎且具有性意味或性別歧視之言詞或行為，致影響他人之人格尊嚴、學習、或工作之機會或表現者。」性霸凌：「指透過語言、肢體或其他暴力，對於他人之性別特徵、性別特質、性傾向或性別認同進行貶抑、攻擊或威脅之行為且非屬性騷擾者。」

「任何性騷擾都不能等閒視之！」因為當加害者覺得受害者迫於威權、階級不敢舉發或體制無法定罪，進而食髓知味，最後可能演變成性侵害。

根據統計，每年被性侵害人數最多的是十二至十八歲的青少年，很多都和加害者是師生關係。而且傳統上認為性侵害或性騷擾的受害人一定是女性。但資料指出近年來被害的男生有越來越高的趨勢。因此，不管女生男生都必須學會保護自己，免得憾事發生。

而性騷擾之認定標準是以「接受者的主觀感受」來定義。即使只是輕微的動作或是令人不悅的玩笑，只要是當事人不喜歡而且違反其意願的，都是性騷擾。例如：他對佳妤、潘麗雯、湘頤摸臀、摸胸（肢體騷擾）；「要多吃點青木瓜，不然會長不大喔！」（言語騷擾）。而李老師用羽球拍戳黃昱叡下體，已經構成性霸凌。

由於校園性騷擾或性霸凌，通常權勢一方（李老師）存有被害者因為膽怯不敢聲張，加上若沒有證據，很難定罪。就像李老師巧言以壞學生（黃昱叡）惡意抹黑，輕易取信家長而不受到懲處。

應對方法：

先讓學生詳細閱讀故事和經過老師詳細描述不同被害學生／周遭同學的反應和身心狀態或變化之後寫下：

1．**「我（角色）發生了什麼事？」**（被導師李老師性騷擾、性霸凌）

2．**「我（角色）為什麼會變成這樣？」**（性事件分別對佳妤、潘麗雯、湘頤、黃昱叡產生什麼影響？他們各自採取什麼應對方式或復原方式？消極的沉默，成為邊緣人？或是積極面對，平息內心風暴？）

接著，再討論如果他們遇到類似的狀況應該如何應對？並利用角色扮演（加害者和被害者），針對如何預防、面對和復原情境模擬，並提出解決方法。

★預防：

・隨時提高警覺

不要因為是熟人或老師就放鬆警戒，通常性騷擾或性侵害都是熟人居多。隨時關注對方眼神、話語或肢體動作是否有奇怪的地方。避免讓自己跟對方單獨處於私密空間。即使在公共空間（導師室）也要眼觀四方，讓自己發現有危險時，隨時可以快速離開。當潛在加害者（李老師）看到你警覺性高，似乎不容易得逞，就會打消侵害你的念頭。

・捍衛身體自主權

3・「什麼是性創傷？」──意識到自己的界線。

每個人都有掌管自己身體，拒絕別人不當接觸的權利，這就是「身體自主權」。你同時可以訂出「身體界線」，哪些地方絕對不可讓人碰觸，即使別人要碰你的手都必須經過你的「同意」。行使同意權，不僅讓孩子學會拒絕、保護自己之外，也能懂得尊重他人。

例如，李老師故意把佳妤留到最後，趁其他老師不注意時摸臀襲胸，言詞挑逗。如果你是佳妤，第一次就必須明確表達拒絕。你可以表情嚴肅，加大音量說：「我不喜歡你摸我，我不喜歡你說話的方式！」，甚至馬上離開。因為在辦公室，李老師也害怕別的老師聽見，也知道你不好欺負，就容易放棄再次下手。

（活動：讓學生或孩子模擬以上的情境，進行角色扮演）

★面對：

4．「為何旁人無法理解？」——親人的痛苦與必要支援。

當性事件真的發生了，不論是你自己或朋友，都必須相信，錯不在你，而是加害者（李老師）。你需要尋求親人或相信的人協助。若是創傷的反應太久，形成疾病（憂鬱、強迫症），就必須尋求專業心理諮商老師協助。

從故事中可以看到佳妤向湘頤表達求救訊號，震驚又不相信的湘頤說：「是不是妳想太多了？」讓佳妤哽咽、氣憤的說：「好啦！是我亂說，可以吧？」因為旁人不理解而切斷求救支援。

面對朋友或孩子受到傷害（佳妤）或是不敢指證陷入憂慮（湘頤），親人或你一定也很痛苦或不知如何是好。但是你可以做的是，平常要留心朋友或孩子的求救訊號（佳妤的哭泣、憤怒；潘麗雯的沉默或經常被叫到導師室），教導搜證方法。同時必須先相信他、不指責他、協助他尋求專業協助、陪伴他進行後續採證、尊重他的隱私和保密、鼓勵他走出傷害回歸正常生活。

例如，湘頤媽媽發現她情緒不穩定，不逼她說，抱著她溫柔地說：「再艱難的日子都會過去。但是有些話、有些事留在心底，如果無法消失，有可能發酵、變酸、變臭喔！」

面對不敢說實情的湘頤，輔導室呂老師摸摸她的頭說：「小女孩長大了，要懂得保護自己。有時候勇敢說出來，也是保護自己和保護同學的方法喔！」

呂老師送給湘頤玩偶筆，告訴她：「如果哪一天妳想講了，就算已經畢業，還是可以回來找我說說話，不要讓某些事，成為妳一輩子的陰影、成為妳的心魔！」

這些說法和行動，成為孩子尋求幫助的支援，鼓勵她們去面對自己的傷痛，對於受傷的孩子都是非常重要的，也有助於創傷後的復原。

（活動：讓學生或孩子模擬以上的情境，進行角色扮演）

★復原：

5.「你為什麼這麼做？」——如何面對性騷擾加害者。

故事中的湘頤因為畢業，可以逃離李老師的魔爪。但是，當她在台上致畢業詞時，看到李老師又對另一個女生伸出魔爪了。

畢業後的湘頤選擇回去對輔導老師說出一切，不一定馬上懲處李老師。但是學校就會啟動一些預防和保護同學的機制；也提醒同學互相提高警覺，保護自己和別人，讓李老師不能一再傷害同學。

6．「怎麼做才能療傷？」——復原的關鍵在於自己。

當湘頤想起呂老師說的話，她決定教師節回去輔導室誠實說出一切。當她終於明白復原的關鍵在於自己。當她終於願意面對傷痛，讓風暴平息，她未來的生活才能真正雨過天青、晴空萬里。

（活動：讓學生或孩子模擬以上的情境，進行角色扮演）

三、幫助孩子重新找到生命的亮光

經由以上的分析和協助孩子面臨風暴的方法，讓我們知道各級學校的輔導室都會做性事件的政令宣導；發生事情，性平委員會也會介入調查。除了這些之外，我們可以透過閱讀給兒童的繪本《蝴蝶朵朵》，或是描述青少年性騷擾和性霸凌這類的情境故事或小說，讓大小孩子從小建立身體自主權，學會保護自己免於受到傷害。若真遇到類似的情境，必須學會求助或協助身邊的朋友。

而成人或學校必須關注孩子、相信孩子。平常就可以設計關於性事件不同的情境題，搭配閱讀性事件相關的情境故事之後，進行模擬演練，搭配講解，讓學生遇到狀況時知道該如何應付和解決，讓身體自主權教育真正扎根。

我們不可能隨時陪在孩子身邊，除了教他們保護自己之外，當孩子受傷時，我們必須成為守護者，陪伴他們面對身心的反應和風暴，讓受傷的翅膀恢復輕盈，再次展翅飛翔，重新找到生命的亮光。

・本文作者嚴淑女女士為兒童文學博士，現任國際組織童書作家與插畫家協會台灣分會會長（SCBWI-Taiwan）。

那些年，曾有場風暴來襲

國家圖書館出版品預行編目（CIP）資料

那些年，曾有場風暴來襲／王俍凱著；劉彤渲圖. --
初版. -- 臺北市：九歌出版社有限公司，
2022.05
面； 公分. --（九歌少兒書房；288）
ISBN 978-986-450-434-3(平裝)
863.596 111004535

作　　者——王俍凱
繪　　者——劉彤渲
責任編輯——鍾欣純
創 辦 人——蔡文甫
發 行 人——蔡澤玉
出　　版——九歌出版社有限公司
台北市 105 八德路 3 段 12 巷 57 弄 40 號
電話／02-25776564・傳真／02-25789205
郵政劃撥／0112295-1

九歌文學網 www.chiuko.com.tw

印　　刷——晨捷印刷股份有限公司
法律顧問——龍躍天律師・蕭雄淋律師・董安丹律師
初　　版——2022 年 5 月
定　　價——280 元
書　　號——0170283
I S B N——978-986-450-434-3
9789864504381（PDF）